李漁叔說掌故

——風簾客話

李漁叔　原著
蔡登山　主編

湘潭才子李漁叔說掌故

蔡登山

大學讀書時期就知道李漁叔先生的大名，那是見到先師張夢機的大著《近體詩發凡》的題耑和序文，夢機老師是漁叔先生的高足，從此得知李教授是馳名海內外的詩人，有《花延年室詩》等著作。

李漁叔（1905—1973），名明志，字漁叔，以字行。湖南湘潭人，但因父親在福建為官，他生於廈門海濱漁家的石梧村。其家門第顯赫。父李鎮藩（1860—1926），字翰屏，前清內閣中書，官福建雲霄直隸廳，與王闓運妻弟蔡與循同科中舉，與趙啟霖、羅正鈞交往極稠密。據劉安定所寫的傳略說：在湘潭，還有從學趙啟霖、孫文昱等知名學人的記錄。還曾拜楊鈞為師，學習詩文，楊鈞《草堂之靈》載：「聞湘潭少年李明志字漁叔者，頗有才情。昨忽以詩數章函托彭君孟庵帶至，函中有『私淑平生，先申執贄之意』二語。余一生愛才如命，願得早見，以促其讀書須知門徑。」爾後，李漁叔常去長沙五里牌外的白心草堂向楊鈞求教。學藝從此大進。

李漁叔著有《花延年室詩》，此詩集堪稱一部詩史。集中第一首詩〈夕霽泛舟至郡城題寄所親〉：

濕雲渡江來，風急吹欲散。花溪綠陰潤，水國滄波晚。
愛此霽湘色，遙遙正相炫。膩若新潑醅，夢逐鷗邊暖。
蘭橈劃空深，幽意與之遠。峰回一松秀，舟過層城轉。
湘蘭助君簪，花意兩無算。指水訂新盟，刺船期不返。

此詩他自註：「乙丑時年二十」，是他二十歲時所寫的，詩題的「所親」即李漁叔負笈日本明治大學歸來後，作詩贈之的一同遊學日本的初戀情人。有言李漁叔十六歲負笈日本明治大學，越四年歸。據其學生戴麗珠介紹，其師曾私底說過，他旅日時有一初戀情人。回國後，由於母親執意要他娶其表妹（母親的姪女，即李漁叔的元配劉氏。）為妻，因而，李漁叔與其初戀情人終不能聯姻成為眷屬。這是他離開故鄉，去從軍報國的主要原因，也是他一生風流的緣故。為何要「指水訂新盟，刺船期不返。」若不返國，還留在日本，兩人或能相戀相親吧！這是他終身刻骨銘心，不能釋懷的憾事和傷痛。但李漁叔又有〈書同里侯荷生扇〉詩，該詩有自註：「戊辰時年二十四歲，以後數年多在日本，有詩一卷已佚。」是留日當在二十四歲，而非十六歲，因十六歲留學未免太早了，至於有詩卷已佚，正是寫此段戀情者，而為李漁叔不想公布之藉口，否則以其記憶之佳，幾十年讀頌過的詩篇都能一字不漏地抄錄，何來散佚之說？

李漁叔的一生，大致可分為三個時期，生活在湘潭的少年時期至三十歲，可稱之為早期；中期為其軍旅生涯，即從軍後參加抗日戰爭至勝利後；晚期為一九四九年卜居臺北後。根據戴麗珠所提供的資料，李漁叔的一生履歷如下：

一九三二年二月至一九三三年七月任職湖南省政府參議。
一九三三年八月至一九三五年二月任職陸軍第十師司令部少校秘書。
一九三五年十二月至一九三六年四月任職駐閩第二綏靖區司令部中校秘書。
一九三六年五月至一九三六年九月任職安徽省財政廳秘書。
一九三六年九月至一九三六年十月任職豫南剿匪指揮部秘書。
一九三七年八月至一九三七年九月任職石家莊戒嚴司令部秘書處處長。
一九三七年九月至一九三八年二月任職陸軍第十四軍司令部中校秘書。
一九三八年三月至一九三八年十一月任職陸軍第三十三軍團司令部上校秘書。
一九三九年五月至一九四一年一月任職西南游幹班機要室上校主任。
一九四一年二月至一九四二年一月任職西南游幹班辦公廳副主任。
一九四二年二月至一九四二年十二月任職西南游幹班辦公廳上校秘書。
一九四三年二月至一九四三年八月任職第三十二集團軍總部軍法處少將處長。
一九四八年五月至一九四九年五月任職第十一綏靖區行政長官公署行政督察專員。
一九四九年八月至一九五〇年二月任職臺灣省政府秘書。
一九五〇年四月至一九五四年五月任職行政院秘書。

一九五四年六月至一九六五年六月任職總統府秘書。
一九五七年三月任職教育部國文教育委員會委員。
一九五九年九月至一九六五年六月任職臺灣省立師範大學國文系教授。
一九六二年十一月任職行政院顧問。
一九六五年四月任職私立中國文化學院中國文化研究所教授。
一九六五年七月任職臺灣糖業股份有限公司顧問。
一九六八年八月任職國立臺灣師範大學國文研究所教授。
一九七二年八月十二日逝世，享年六十八歲。

一九四九年，江表沉淪之際，李漁叔任劉安祺將軍幕，而隨軍渡台，流寓台北，不久受知於台灣省政府主席陳誠，後陳誠歷遷行政院長至副總統，公私文牘深倚李漁叔，其亦忠耿以報知遇之恩。而後黃侃的高足林尹主台灣省立師範大學（國立台灣師範大學前身）國文研究所，遂請李漁叔於公餘之時，任教其中。至一九六五年，副總統陳誠辭世後，李漁叔自此不復涉身仕途，而專意講學。李漁叔潛心研究墨學，在師範大學講授墨子有年，見解精闢，極受學生歡迎，選課聽講者，往往座無虛席。著有《墨子今注今譯》、《墨辯新注》、《墨子選注》等書。其學生王冬珍曾為其整理遺稿，《墨子今注今譯》還在天津古津出版社等出版機構都曾出版印行過簡體版。李漁叔還有〈墨家兼愛的真詮〉、〈墨子的辯學〉、〈名墨兩家異同辨〉等論文傳世，可見其學術造詣。他又在師大國文研究所及文化學院中文研究所講授韻文及詩學研究，嘉惠學子匪淺，裁成甚眾，國內著名古典詩研究者黃永武、張夢機、羅尚，皆出其門下。

李漁叔晚年字號漁叔居士、墨堂老人。對中華文化的宣揚，不遺餘力。在中華詩學研究所成立之初，即積極籌備《中華詩學》雜誌社，由易君左任社長，李漁叔為副社長兼總編輯。並於一九六九年六月發行《中華詩學》月刊創刊號，全年出版十二期。李漁叔寓台二十三年，與台灣原有之詩社酬唱頗多，因而對於早期台籍詩人知之甚深，曾於《中華詩苑》刊登連載「三臺詩話」專欄，後集結出版改以《三臺詩傳》命名，書中為乙未割台之際的台籍詩人立傳，諸如丘逢甲、許南英、林幼春、莊太岳等人，闡揚其遺民精神，成為「戰後第一部以日治時期台灣古典詩壇為對象的筆記著作。」

李漁叔有兩本散文著作，《魚千里齋隨筆》和《風簾客話》，他對古今人物軼事及詩壇藝林掌故非常熟稔，曾在報端以隨筆方式，寫成短文，當時頗為士林推重。後經裒集出版為《魚千里齋隨筆》，繼又以相同的筆調寫《風簾客話》，內容也是談的人物軼事及藝林掌故，娓娓道來，如數家珍，而且文筆洗鍊。在《魚千里齋隨筆》，特別的是有幾篇論文學與藝術的文章，如：〈泛論文筆〉、〈論詩的情與意〉、〈姜白石的考釋學與詩〉、〈梁節庵其人與詩〉、〈齊璜詩與印〉、〈述印〉、〈松鶴圖〉等，內容主要為對大陸人、事、物的追記。特別是其中的〈聯話五則〉、〈新春紀聯〉等章節，將家鄉湘潭對聯興盛的狀況記錄詳細，是彌足珍貴的史料。

《魚千里齋隨筆》有著名詩人及書法家曾克耑序云：「余以其書雖號隨筆，實雜史之流也。其辨章學術，題品人物，闡幽表微，搜玄攬要，蓋國史志傳之先導也。異日有涑水者起，意必有取於斯，殆可決也。」而駢文學者成惕軒則說：「《魚千里齋隨筆》裁量古今，品藻人物，舉所見所聞之事，紀不文不蔓之言。間涉祆祥，絕殊齊東之野語，即論文字，直勝池北之偶談。」另李漁叔的學生學者王熙元在《風簾客話》中有段跋語：「昔者漁師嘗就所聞見並時名宿、鄉邦賢彥，舉其遺聞軼事、流風餘韻，旁及學術藝文，撰為《魚千里齋隨筆》，於四十七年鋟板成書。翌年，復應友人之請，日撰短文，刊諸報端，亦興到隨筆之作，而其間凡論述學藝、評隲人物、捃摭遺逸、抉發幽微，莫不特具閎識，深寓孤懷，至文辭鍛鍊之工，描繪傳神之筆，猶其餘事也；所紀或事繫時史，或語關軍國，或偶錄一人之始末，或但述一時之見聞，並足以供談助、存掌故、資考證、備參稽，他日史家撰國史志傳者，必將有所取焉。以書成於夏日薰風拂簾、客居海陬之際，故曰《風簾客話》。」

李漁叔書畫俱佳，善畫墨梅，點染清新淡雅。書法宗褚遂良，自成一體，常以硬毫書，秀麗清絕，風格孤傲弩張。

目次

記唐景崧

清光緒乙未，廷議割台。時唐景崧方為台灣巡撫，抗疏乞罷，不報，台民大憤，群起抗命。景崧遂與記名提督幫辦軍務劉永福，共籌戰守，定自主之議，被推為民主國總統。旋以兵敗內渡，其事不終。恩施樊增祥雲門作詩刺之，有「豈謂解元唐伯虎，不如殘寇鄭芝龍」之句，語意輕倩，貪用龍虎作對，實不為工，且指斥太過，以唐伯虎為喻，尤屬擬於不倫，遂鄰諧戲，其非詩史也明矣。

景崧字維卿，籍廣西灌陽，官翰林院編修，頗負才名。光緒九年，劉永福淵亭以客軍在越南屢挫法兵，號黑旗軍，盛樹名績。越王感其義，贈爵秩甚厚。景崧以永福將才，上書請招還効命，樞府許之，乃往宣意，永福竟歸，授南澳鎮總兵，由是景崧敘功任台灣兵備道。

既蒞任，銳意興革，以儒學飾治，於文章之士，優禮有加。聘進士施士洁澐舫主講海東書院，拔丘逢甲仙根於諸生，醴酒絃歌，彬彬稱盛。道署舊有斐亭，景崧葺而新之，自為楹聯云：

鐵馬金戈，萬里歸來真臘棹；
錦袍紅燭，千秋高會斐亭鐘。

吐語高華，一時傳誦。景崧暇日，輒邀僚掾於此，作文酒之會，簪毫屬句，時亦自為之。今斐亭詩畸所載「南注」及「請纓客」諸句，皆景崧作也。聞其太夫人亦工詩，諸人詩成，並呈以定甲乙。旋陞授布政使，駐節台北，方建詩社，適林鶴年鼈雲觀察，自海舶運牡丹數十本至，命送社中，花光如錦，景崧大喜，因以牡丹名社。風氣所播，如揭竿於市，以奔走三台人士，而台灣詩學大昌。馴至今日，流風餘韻，猶復遍布閭閻，宏獎之功，固不能不歸美於景崧也。

景崧文藻斐然，發軔台疆，雍容開府，嚮便擁麾左海，匕鬯無驚，未嘗不可設治敷文，身名俱泰。孰意珠崖既割，逆運難迴，縱極倉葛之呼，莫挽虞淵之恨。其為台人敦促，勉受尊稱，究與竊號自娛，妄圖非分者異矣。

雖然，以當日事勢言之，人方挾戰勝之威，必欲甘心而後快，碁殘劫盡，不拂何為，妄冀扶餘，遂成蛇足，揆諸進退存亡之義，固智者所不取也。

臺灣遊俠記

世固多魁偉奇傑之士，台灣為鄭延平興王之地，明社既屋，隨延平渡海以俱來者，實繁有徒。及鄭氏亡，率多隱於草澤，或以屠狗賣漿自晦，或逕投綠林為魁，故往代俠兒，漸染餘風，猶多義行，易世而後，其跡已淪，若今所傳，則直鼠竊狗偷而已。

《閩雜記》曾載葉陳氏，於清乾隆四十八年林爽文之亂，常居軍中，驍勇善戰，陳氏之夫名葉省，與爽文及莊大田等同起兵，省既戰死，陳遂代領其眾，故亦稱葉省嫂云。陳領兵時，年二十七八，柳腰蓮靨，明麗無雙，平居嬌柔若不勝衣，而力能開強弓，用長刀重數十斤，入陣輪轉如飛，當者披靡，尤善鳥槍，發無不中。後爽文敗，陳率其眾，將遁之粵，金門鎮總兵孫全謙追斬之，蓋亦奇女子也。

爽文及葉省皆彰化人，其後邑中有義賊曾切，連橫雅堂撰《台灣通史》，列之勇士傳中。切少失怙，事母甚孝，頗知書，重節義，恤孤寒，常盜勢豪及猾吏金，隨手散與人。貌溫文，恂恂如書生，左手蓄指爪長寸餘，每為盜，傳以藥，柔而卷之。一日為有司所捕，切出左手露爪辯曰：「我文士，但解摘花添香耳，安能為盜。」官笑而釋之。然切實蘊絕技，迅捷若飛鳥，將劫人家，輒先以胡粉塗其壁，夜即至，雖伏人掩捕，莫能免。嘗行竊歸，聞鄰家少婦夜哭，偵知夫死家貧，其姑以五百金賣於他人，已署券受金矣，婦不欲行，故哭甚哀！切與其黨謀盜金以全婦節。時有主藏吏陳遜言者，居大龍峒，夜闌臥煙榻，一燈熒然，颼一人從簷間墮，視之切也。遜言故豁達，雅知切，顧謂之曰：「子宵行犯霜露良苦，來此欲何為？」切曰：「聞子高義，今有急，願假千金」。遜言解佩鑰授之曰：「金具在，恣所取。」切啟櫝取千金，為二囊置地上，撮唇而吹，即有一人排窗躍入，各負囊金登屋馳，頃刻已杳。詰旦，切至鄰家，陳金謂其姑曰：「若婦賢，徒以貧故鬻之，藐孤將安託？今贈五百金贖婦，另以其半為一家衣食資。」姑婦皆泥首謝，切不顧而去。越數夕，遜言獨坐，聞有物墮中庭，聲甚厲，出視，乃一布囊繫小箋署切名，其辭云：「前荷厚惠，實以濟人。頃無意得此，公所嗜也，聊以為報。」解囊，則有烟土二十實其中，值數百金。

葉省嫂，台人不甚知，而父老顧津津言切，乃取雅堂《通史》點染為文，用以愧夫世之蔑義背信者，曾穿窬之不若也。

書悍弁李文魁

唐景崧維卿由台灣內渡後，霧峯林資修幼春，年才十六，作〈諸將〉六首，以論台事，託諷時流，意盈於詞，斐然可誦，其〈詠維卿〉詩云：

南州稱制萬夫奔，獨為神京守外閽，
父老不煩丹穴索，孤臣敢受素麾尊。
但思一柱天能倚，其奈群飛海已翻。
他日尚餘諸疏在；嘵嘵眾口與鳴冤！

所謂諸將，維卿外，尚有劉淵亭軍門、邱仙根工部、吳湯興茂才、黎伯萼太守等，皆守土主兵之將吏，語多貶抑，而獨於維卿有恕辭，當時物論如此，或亦維卿右文愛士之效歟？

維卿建號後，不旋踵而敵軍已至，北台騷動，維卿以文儒不知兵，中懷恇怯，勉自持，及悍弁李文魁見逼，去志乃決。李文魁者，以拳勇為撫標營管帶，桀黠懷異志。當時官眷多內渡，紛赴滬尾候海舶行，行囊充塞衢市。莠民陳牛聚眾肆劫掠，練勇（當時之地方團隊）方馳至彈壓，而撫標兵亦至，立開槍示禁阻，練兵發槍應之，誤中撫標中軍，立踣，撫標兵遽反走，牛率眾乘亂圍撫署，署兵據門拒戰，彈發如雨，殪數十人。維卿聞變，步出廳事，文魁遙見，奪門進，拔劍升階，驟近維卿，維卿叱之曰：「汝欲奚為？」則納劍對曰：「來護大帥。」乃命速召衛隊六營入侍，文魁躍馬出，號於眾曰：「吾奉命兼統六營矣。」亂定，維卿以文魁不測，猶愛其勇，欲結以恩，竟以六營授之，命駐獅球嶺拒敵。獅球天險，峭壁連雲，昔時劉壯肅銘傳曾敗法軍於此者也，維卿既拔擢文魁，又以據險當無慮。一日薄暮，文魁忽率健卒數十，挾快鎗，闖關入見維卿，大呼曰：「獅球危矣！諸將不用命，乞大帥符節鎮之。」維卿愕然卻立。逡巡間，舉令旗擲付文魁曰：「軍令具在，汝好為之。」語畢遂啟後戶出，俄頃乘艦遁矣。

事既敗，文魁縱兵大掠，又私售軍械得數萬金，與部卒數輩挾貲走廈門，露刃擁妓狂飲，邏者執之以獻鎮將，鞫姓名不答。先是道路藉藉競傳文魁暴行，罪不容誅，鎮將私計此人凶悍當是矣，然倉卒無由辨識，會游擊吳開榮新自台北來，召至使視之，一見即呼李文魁，文魁大怒，舉足蹴案，鎮將命決基首，遂伏誅。聞文魁至廈門，留不去，蓋猶欲蹤跡維卿索重賄，終嬰法網，死已晚矣。

柴大紀與劉璈

柴大紀與劉璈均有勳勞於台灣，以不肯屈志權勢，皆得奇禍，大紀戮於市，璈遣戍窮邊死，其事絕相類，宜並書之。

大紀浙江江山人，清乾隆二十八年，以武進士揀選守備，發福建試用。歷官澎湖水師游擊，薦擢福建海壇鎮總兵，調台灣鎮總兵，五十一年秋彰化林爽文亂起，殺知府孫景燧理番同知長庚，淡水周知程峻兵敗亦自殺。爽文遂據彰化，建號置官屬，進襲諸羅，克之。諸羅者，即今之嘉義也，是時，府治在台南，諸羅財賦之區，為府治右臂，諸羅失則府治危，全台悉淪沒矣。大紀既力戰敗賊，乘勢率眾復諸羅，嬰城固守，爽文立自彰化回師圍之，寇勢日張，南北皆應。福建總督常青，福州將軍恆瑞，奉詔率水陸之師援台，皆頓兵不敢前，而諸羅圍益急，大紀督民兵登陣，劾死勿去，城中無所得食，掘樹根煮豆粕以啖，清高宗聞之，命大紀棄城捍民兵出，再圖進取。大紀奏言：「臣克復諸羅時，即分兵劄營於縣城四門外要害處，後賊勢猖獗，遂環營開溝，各處安礮甚固，若一日棄去為賊所踞，克復甚難。且城廂內外居民二萬餘，各莊避難入城者，又不下二萬，實不忍將此數萬生靈付賊，惟有竭力保守，以待援兵……」等語。大紀自五十二年春城守，至是歲十月，大將軍福康安統兵至，始解圍。

當大紀與台灣義民固守諸羅時，聲績昭著，尤於奉詔撤守復奏，甚結主知，高宗披覽奏章，至為墜淚，因命易諸羅縣名為嘉義，以旌軍民。先時已授大紀福建提督，參贊大臣，至是乃錫爵一等義勇伯，世襲罔替，並令浙江巡撫琅玕齎萬金賜其家屬，仍降璽書褒美，其所以寵大紀者至矣。

福康安以椒房親，素驕貴，於台事方棘，統軍戡亂，欲專有其功，諸領兵者怵其聲威，又皆駑下，無敢陵駕，獨大紀孤城抗命，勳烈已彰，紀績旂常，分其光寵，高宗錫賚愈崇，則福康安妬之亦愈甚。及諸羅圍解，內外會師，台事於焉告蕆，嚮使大紀慊然自下，屈節牙門，尚可勉強保全於功名之際。惟其久在戎行，不諳趨附，自以參戎錫爵，不執櫜鞬之儀，遂乃觸怒元戎，必欲甘心而後快，終至盡情誣構，殊榮盡奪，身首橫分，深堪惋詫！其被法始末，情事顯然，尤為無可諱飾也。嘉義克復，福康安與大紀相見，即嚴劾其人素懷詭詐，染綠營氣習甚深，不可倚信。高宗詔示謂：「柴大紀固守孤城，時逾半載，非得兵士死力，豈能不陷，若謂詭譎取巧，則當時何不遵旨出城……大紀屢蒙褒獎，或稍涉自滿，於福康安禮節不謹，致為所憎，遂直揭其短，殊失大臣休容之度。」又五十三年春詔謂：「大紀前此久困孤城，不肯退兵，奏至時，朕披覽墜淚，即在廷諸臣凡有人心者，無不嘆其義勇。用人者當錄其大功而宥其小過，豈能據福康安虛詞一劾，遽治以無名之罪。」等語，是高宗於當時情事，固已洞察隱微。其後讒間陰行，卒回視聽，廷詢之際，乃謂天奪其魄，其寃獄以成。昔康熙特宥陳鵬年，顯斥讒人，不為搖奪，其明察蓋過此遠矣。

劉璈字蘭洲，湖南岳陽人，少讀書，補博士弟子員，左文襄宗棠治兵西陲，辟為記室，以贊畫勳，擢道員。清光緒七年，授台灣兵備道，璈勇以任事，不避艱鉅，整飭吏治，振作文風。郡中大火，燬商肆數十，烈焰漫天，璈聞警，衣短後衣，躍登屋頂，麾兵折屋，遏火路，所救全無算，郡人感之。

清光緒十一年，法蘭西將孤拔陷澎湖，下基隆，璈與劉壯肅銘傳支柱南北相呼應，屢破敵奏捷。春二月，孤拔泊舟安平，以英領事介，約璈一晤。璈欲往，或諫曰：「法人狡，往恐不利！」璈曰：「不往，示吾怯，吾豈畏死者耶？」瀕行；戒礮台守將曰：「有警即發礮擊敵，毋以我在敵舟有所顧恤也。」卒往，與孤拔相見甚歡。酒酣顧璈曰：「台南城小兵薄，將何以戰？」璈勃然應曰：「今日之見，為縞紵歡，願勿復言兵，雖然，君豈不聞國不可侮，而民心終不可屈乎？」孤拔默然，盡醉罷去。和議既成，銘傳劾璈罪十八款，奉旨革職籍沒擬斬，免死流黑龍江，時論寃之，璈戍數年病卒。

《臺灣通史》謂：銘傳始至台，以台南委璈，聞庫存銀甚多，命撥五十萬充軍糈，璈不應。又以兵備道加營務處，例得上奏，不甚受節制。及銘傳棄基隆，璈揭其罪，宗棠據以入奏，銘傳愈恨之，竟擠諸死。連橫言：「法人之役，銘傳治軍台北，而劉璈駐台南，皆有經國之才，使璈不以罪去，輔銘傳以經理台疆，南北俱舉，必有可觀；而銘傳竟不能容之，非才之難，所以用之實難，有以哉。」

柴大紀始末記

清乾隆五十二年，台灣林爽文之亂，福建台灣鎮總兵柴大紀，與地方義民力守孤城，疊膺殊賞。大紀以署理總兵擢陞提督，曾不數月，賞巴圖魯名號，封一等義勇伯，世襲罔替。因籍隸浙江，至令浙撫覺羅琅玕齎銀萬兩賞其家屬，清廷之於大紀，可謂厚矣！及福康安統兵渡海，台變敉平，大紀甫出圍城，忽奉旨革職拿問，交福康安嚴審，旋解京經廷訊後處斬，天下寃之！歷觀前代帝王御宇，刑賞之柄，多出親操，雨露雷霆，悉憑喜怒。就大紀前後事實言，賞既稍優，罰尤過酷，予奪之際，不得謂平。近嘗披覽史籍，於有關大紀之公私記載，頗加採輯，日久所得益多，因草此篇，備述始末；非惟有裨台灣文獻，亦治史者之所不廢也。

按大紀浙江江山人，以武進士揀選守備，分發福建試用。清乾隆四十八年十一月，由福建海壇鎮總兵，調台灣鎮總兵。曾隨提督黃仕簡入山剿捕加未南及目懷二社生番，復擒獲諸羅縣奸民楊功懋，敘功加一級。五十一年十一月，彰化大里杙莊民林爽文率眾滋事，稱天地會，襲破大墩，進攻彰化，守兵才八十，力不能禦。城破，知府孫景燧、理番同知長庚等均被害。旋攻陷諸羅，北收竹塹，各處響應。鳳山莊大田聞之，領兵數千，與爽文合，勢愈盛，閩浙全台大震。

總督常青聞變，急調水陸諸軍赴泉州，居中策應。五十二年正月，水師提督黃仕簡率金門銅山之師，入鹿耳門。陸路提督任承恩統率提標兵二千至鹿港，而福建海壇鎮總兵郝壯猷等亦各以兵至。

是時朝命以李侍堯為閩浙總督，常青調任湖廣總督，仍令以欽差渡台督辦軍務。（連橫《臺灣通史》稱常青為福建總督實誤）。常青已年逾七旬，勉膺艱鉅。至黃仕簡任承恩抵台灣後，均不親臨行陣，定期會攻，一南一北，互相觀望。郝壯猷尤怯懦，奉檄南行，未二十里即止，頓兵五十日始達鳳山。及鳳山再陷，隨即逃歸府治。清高宗臨御日久，以五十餘年太平天子，頗亦矜尚武功。時當川滇教亂底定，金川軍事告終，廟算雍容，儘多積驗。林爽文莊大田之亂，雖視若潢池小釁，而目縈閫外，動繫宸衷。據明清史料（國立中央研究院歷史語言研究所史料叢書，民國四十二年五月出版）所載林爽文一役，文武大員，前後所上章奏，均經親覽，或明降諭旨，或隨摺硃批，無異親授方略。證以《清史稿》及李元度《國朝先正事略》常青、李侍堯、福康安、柴大紀諸傳，於當日前方軍務及將弁黜陟調度情形，委曲詳明，瞭如指掌。

五十二年三月，官兵於琉璜溪及鳳山縣城接仗潰挫後，黃仕簡、任承恩革職拿問，解京問罪，郝壯猷則於軍前正法。此時諸將中可恃者，僅一大紀而已。常青於前時曾奏稱：「大紀於林爽文肇事時，不能將斗六門開通道路，實有應得之罪；但守禦郡城，尚知奮勉，功罪原不相掩」等語。至是奉詔以大紀署理陸路提督，固已確知大紀較為可用矣。

大紀奉命守衛諸羅（此時嘉義尚稱諸羅），率遊擊楊起麟、署諸羅縣陳良翼、武舉陳宗器、黃奠邦、監生徐宜至等，及各義民壯番協力擊退賊眾。其始受知清廷，在能獨力作戰，與用法嚴明。據明清史料載，是年五月二十六日大紀奏呈戰守情形稱：「外委劉欽、兵丁程忠、吳森三名，遇賊懼怯，不放鎗炮，即行逃回……似此臨陣退縮之弁兵，若不速正典刑，無以儆戒將來；隨將該劉欽等三名，恭請王命在軍前正法，首級遍遊各營示眾。」又稱：「林爽文復糾南路賊目陳靈光等日來侵犯，雖經臣疊次殺敗，乃匪徒尚多，諸羅陸續收到潰回兵丁五百餘名，俱無器械，惟就近設法製辦長鎗配用。臣所帶之兵，共止一千九百餘名，若統帶北勦，誠恐縣城難守；如酌留守城，則臣之兵亦覺單薄；現已呈請督臣常青撥兵來守諸羅縣城，隨即督兵長驅直前，併勦賊巢，擒獲渠惡。」等語。此摺遞呈，於敘及誅戮逃弁處，奉高宗硃批：「甚是。不料汝能如此，可嘉之至！」又於所呈統兵勦賊處，硃批：「所辦甚合機宜，可嘉之至。總須略待常青大兵為是，不必欲速冒險。」高宗隨又另降諭旨，謂大紀「所辦公當嚴明」，著交部議敘。並令「將柴大紀用法嚴明，得邀獎敘；郝壯猷怯懦逃回，按律正法之處，通行訓諭各營伍，俾專閫大員，曉然於敵愾大義，共矢藎忱。」各等語，一再褒嘉，以激勵戎行，而於大紀倚畀日深，亦可概見。

大紀此後即困守諸羅。是歲七月，常青奏：「諸羅四處為賊把截，惟鹽水港一路可通，郡城逆匪，復欲攻踞鹽水港，以絕縣城糧餉。柴大紀派兵固守，頗資捍禦。」八月李侍堯奏「大紀在諸羅被賊圍攻，日夜拒守，以少擊眾。」又奏「大紀最奮勇，且調度得宜。」奉諭「柴大紀懋著勞績，著加太子少保銜，以示嘉獎。」斯時不僅上承帝眷，即軍政大僚，亦均獎飾有加。此為大紀艱難困頓之時，亦其志得意滿之際。

據《臺灣通史》載：「諸羅被圍愈密，無可得食，掘樹根，煮豆粕以充饑，而守志益堅。八月，廣東副都督傅清額、江寧將軍永慶各以兵至，常青仍頓兵府城，恒瑞及總兵普吉保兩路援兵各五六千，亦不敢進，反張皇事勢，請兵六萬。詔解常青恒瑞之任，以協辦大學士陝甘總督福康安領侍衛內大臣參贊海蘭察代之。並飭大紀捍局出城，再圖進取；大紀不從，下旨嘉獎，改諸羅為嘉義。」此於大紀堅守情形，略有引述。

方大紀困守時，各路援兵均被邀截，孤城岌岌，情勢日危。高宗特旨令大紀「不必拘泥守城存亡之見，設遇緊急，即帶兵殺出縣城，再圖進取。」大紀覆奏略謂：「諸羅地居台灣南北之中，其縣城四面堆土，種竹作圍，本難為守。前此經臣克復後。環營開溝，並築短牆，各處安炮，營盤甚固。是以賊眾數，疊次來犯，俱被官兵殺退。若一旦棄去，為賊所踞，克復甚難。且城廂內外居住百姓二萬餘，又加各莊避難入城者，不下二萬，至今協力守禦，並捐助軍糈，急公向義，實不忍將數萬生靈，盡付逆賊，惟有竭力保守縣城，以待援兵齊集。」云云。此疏既入，高宗覽之，深為感動，至於墮淚。乃逕下詔封大紀為一等義勇伯，並將諸羅改名嘉義。據明清史料戊編所載「柴大紀著封一等義勇伯」文件，係清乾隆五十二年十一月二十一日，內閣抄出之漢字上諭，全出高宗意旨，對大紀不肯棄城之舉，極盡褒揚。諭首引大紀覆奏諸語，繼即：「所奏忠肝義胆，批覽之下，為之墮淚……該處賊匪雖屢經柴大紀剿殺，仍四處屯聚，常青先後派援之兵，未能即時齊抵縣城，惟恐柴大紀激於忠憤，堅守城存與存、城亡與亡之義，固守勿去，是以降旨令酌量情形，如力有難支，不妨率領官兵整隊而出「其意蓋恐大紀力竭殉城，頗致愛惜之意。至城內諸義民亦經提及，如云：「該處義民幫同柴大紀守城殺賊，極為出力；若柴大紀帶兵出城，此等義民必致受賊戕害，朕心更為不忍」。復諭令：「如縣城萬難守禦，必須出城，另圖進取之時，務將城內義民及其家屬，妥為捍衛先行送出……柴大紀不忍將數萬生靈委之於賊，立意堅守待援，是其保護合縣民人，與朕軫念義民、多方愛護之意，適相脗合，所謂我君臣各盡其義也。」「柴大紀被圍日久，心志益堅，勉勵兵民，忍飢固守，惟知以國事民生為重，雖古之名將，何以加茲……本欲俟大功告竣後優加封賞，今伊能如此繫念生民，忠良激發，為國家出力，尤堪嘉獎，柴大紀著即封為一等義勇伯，世襲罔替；並著浙江巡撫琅玕，賞給伊家屬銀一萬兩，用示錫爵酬庸之至意。至柴大紀忠義奮發，兵民當益加感動，仰蒙上天嘉佑，縣城自必保護無虞，現在福康安統領大兵迅抵鹿仔港，聲威壯盛，士氣百倍，柴大紀當更加勉力，共奏膚功，永承格外恩眷。」其將諸羅改為嘉義縣上諭云：「乾隆五十二年十一月初三日奉上諭，台灣逆匪林爽文倡亂以來，提督柴大紀統兵剿捕，收復諸羅後，匪屢經攻擾，城內義民幫同官兵奮勇守禦，保護無虞，該處民人，急公向義，眾志成城，應錫嘉名，以旌斯邑，著將諸羅縣改為嘉義縣，闔縣良民，倍加奮勵，以昭獎勸，欽此。」

此外並將該縣五十四年應徵錢糧概予豁免，傷亡民兵，分別優卹，守城兵丁均賞兩月錢糧。大紀自乾隆五十二年三月，率部進剿北路，克復嘉義，至五月林爽文聚兵萬餘圍之，始嬰城固守，時甫半歲，膺不次之賞，結人主之知，錫爵賜金，榮名莫比。以視同時之海壇鎮總兵郝壯猷，並以武員，宣力行陣，一則身膏斧鑕，一則名耀旂常，寵辱之間，殆判霄壤。嚮使大紀於福康安大兵未到之時，城破殉職，則清廷震悼，更必有分外之榮，烈蹟所傳，尤當動人嗟慕！惜乎時移境逝，驅策已終，曩若邱山，今成苴塊，功名之際，大率如此，其為恨詫，固不止大紀一人已耳。

是歲十月福康安海蘭察統侍衛巴圖魯一百二十餘員，滿漢兵九千，至鹿港，與林爽文戰，敗之，嘉義圍解。大紀始出圍城與福康安相見。福康安即具疏劾大紀：「人本狡詐，甚染綠營氣習，不可倚信。」等語，旋奉高宗諭旨訓飭，謂：「柴大紀有守城功，豈可以無據之空言，加之罪譴。」且言：「大紀死守孤城，時逾半載，非得兵民死力，豈能不陷；若謂詭譎取巧，則當時何不遵旨出城。其言糧盡，原所以速外援，若不危急其詞，豈不益緩援兵。大紀屢蒙褒獎，或稍涉自滿，於福康安前禮節不謹，致為所憎，遂直揭其短，殊非大臣休容之度」先正事略福康安傳具錄其詞，並云：「公（此稱福康安）之解嘉義圍也，總兵柴大紀出迎，自以參贊伯爵，不執櫜鞬之儀，公遽劾其前後奏報不實。……已而侍郎德成總督李侍堯所奏皆如將軍指，大紀卒逮問，坐法死，論者多以此訾公云。」甚見元度記史事筆法。

大紀此時已歷膺水陸提督，太子少保，一等義勇伯（和珅於斯時以重臣當國，封號尚為三等忠勤伯）參贊軍務之命，不無自恃恩眷；兼以閫外粗官，起家卒伍，未知諂事貴臣，疏於禮節，自為得罪之由。高宗諭旨，於訓飭福康安諸語，可謂洞見隱衷。大紀盛寵高名，為福康安所嫉，至於嚴劾被斥，而殺大紀之念乃益堅。

福康安以大學士傅恒之子，少受高宗豢養，前後於平定金川及甘肅回亂，屢立奇功，圖形紫光閣，貴盛赫奕，勢傾朝右。至是以公相將軍之尊，統兵海外，視常青李侍堯等蔑如；其於大紀，殆不過擬於階下趨走之輩。大紀雖膺殊遇，然外臣疏逖，無一日之知，以地望言，倘與抗衡，何殊卵石。況福康安重兵在握，叱咤風雷，文武諸員，望風希旨。大紀歷年在職，軍旅之際，凡諸舉措，豈無掛漏，一經羅織，何難周內成文。假令於福康安首次上疏嚴劾時，高宗不予峻詞駁斥，但予大紀薄責，似尚可瓦全；而綸綍煌煌，使福康安無地自容，搏兔之功，不得不轉傾全力，而大紀之死必矣。

當此之時，在閩將帥大僚，可為大紀進言者，惟將軍常青、恒瑞，及總督李侍堯而已。而常青積歲無功，時虞譴辱。恒瑞為福康安之戚，疊次失律，待罪戎行，本身亦難自保。李侍堯則曾於乾隆四十九年仕陝甘總督之際，因案為福康安奏參，交其審訊擬斬，雖經高宗特旨省釋，時才三載，積威猶在，安敢再觸其鋒。故雖明知大紀之寃，亦相率不置一詞，且從而指證其罪，亦不得不然也。

福康安之傾陷大紀，佈置甚密，亦頗費苦心。蓋以高宗素稱聰察，遠非昏庸暗弱之主可比，既難虛詞再劾，以試九重莫測之喜怒，唯有暫安緘默，別作他圖。逮侍郎德成及侍衛額爾登保，先後還京面奏，一則於大紀浙江原籍，摭拾風聞，謂其貪縱營私，釀成鉅變。一則於台灣凱旋，力攻其固守嘉義，亦屬捏詞。假手他人，陰行讒害，以撼動其本根，全出福康安安排，不難概見。俟高宗於大紀信念既搖，復嗾使李侍堯琅玕證之於後，及至奉詔柴大紀交福康安嚴審，始列款具奏，而福康安之計售。

大紀為高宗一力獎拔之員，一聞往日事功，盡由欺謾，其為失望，以至震怒，自屬情理之常。觀於他自廷鞫大紀，有「天奪其魄」之語，並罪及大紀遺族，尤見遺憾之深！

高宗之戮大紀，亦先有自加迴護之辭。據明清史料戊編所載「柴大紀交福康安嚴審」諭旨有云：「朕辦理庶務，從不預存適莫之見，而信賞必罰，乃用人行政大柄。況值用兵之際，賞功罰罪，尤貴嚴明。如柴大紀前奏不肯帶兵出城一節，朕以其勤苦出力，甚有良心，覽其摺奏之言，自屬實情，初不為逆詐億不信之見，而其種種揑飾之處，彼時亦尚未有人摘發，朕焉有泯其勞績，不加之恩賞乎？所謂君子可欺以其方者此也。」等語，自屬冠冕堂皇。至侍郎德成及侍衛額爾保面譖大紀諸語，亦可於兩次上諭中看出。其有關德成者：「昨冬德成查勘海塘回京復命，朕以柴大紀籍隸浙江，鄉評如何？德成在浙，諄有所聞，向該侍郎詢問，據奏：風聞柴大紀自復任台灣鎮總兵，貪縱營私，並令兵丁私回內地貿易，激變貽誤，玩視賊匪種種，釀成鉅案。朕以德成自浙回京，距閩不遠，所聞必非無因。」（明清史料戊編乾隆五十三年正月柴大紀等革職上諭）其有關額爾登保者：「朕面詢押解匪犯到京侍額爾登保，據稱：『賊匪攻擾嘉義時，俱係義民等出力守禦，並非柴大紀之功。其不肯帶兵出城一節，亦係義民等不肯將伊放出，柴大紀亦畏賊不肯出城』等語。額爾登保係在台帶兵大員，所言更屬確實，則柴大紀前奏不忍將數萬生靈盡委賊手，仍忍飢固守待援之語，竟屬捏詞狡詐，全不足信，則並守城，亦非其功。」（同編乾隆五十三年二月柴大紀交福康安嚴審上諭）

二人所譖，詞各不同。德成訐其貪贓激變，釀成鉅案，是謂林爽文之變，實由大紀逼成，已足制大紀死命。而高宗之激賞大紀，至於墮淚，在其忠義奮發，效命危城，額爾登保則對此特加搆陷，以撼高宗之口，而撼其心，尤為深刻。高宗諭謂大紀捏詞狡詐，被其所欺，而不知實受福康安之欺，終於不寤也。

並按大紀本傳（據《清代七百名人傳》，世界書局版）末云：「大紀前保護台灣府城，及固守嘉義城之功，帝及廷臣無不稱其義勇，詔封一等義勇伯，獎諭備至，而福康安忌之。及福康安至嘉義，大紀出迎，自以參贊伯爵，不執櫜鞬之禮，福康安怒，故摭事以劾，侍郎德成侍衛額爾登保復譖之，故卒不免，而於擁兵不救嘉義之恒瑞，前後失律之常青、黃承任、簡恩仕等，反置不問，且或加擢用，時論少之。」此段前節與元度所紀全合，至福康安袒護恒瑞事，可於高宗前後詔旨見之：「台灣逆匪攻擾北路，恒瑞帶領官兵由州城前往援應……不能奮力勦殺……惟知一味遷延，乃轉藉口賊多兵少，張大其詞，奏稱必須添兵六七萬，方可集事……是恒瑞不但恇怯無能，亦且妄言惑聽。是以節次降旨，將恒瑞革去福州將軍職，並著福康安嚴加詰詢。今據福康安覆奏，恒瑞在鹽水港時，常與賊匪打仗……頗屬奮勉，請將恒瑞留於軍營，自備資斧効力贖罪等語。所奏竟大乖謬矣……」

其中斥福康安處，尤為字挾風霜，絲毫不留餘地，如云：「恒瑞妄言惑聽，本應在軍前正法……因念其年輕無識，且係宗室，姑援議親之條，不即置以重典，僅令回京候旨，已屬格外施恩。乃福康安節次所奏之摺，曲為庇護，又屢於摺內聲敘恒瑞帶兵打仗，試思伊為滿州大臣，眾皆打仗，伊不打仗，逃往何處乎？……是福康安竟係庇護親戚，公然飾詞強辯。福康安由垂髫豢養，經朕多年訓誨，至於成人……乃竟敢藉此微勞，袒護親戚，有意矇混，試思朕為何如主，此等伎倆，豈能於朕前嘗試耶？」後數語更見嚴厲。又另諭云：「恒瑞身係宗室，又未經歷戎行，是以援議親之例，從寬革職。俟其到京，即發往伊犁効贖罪力」右二諭旨，均見明清史料戊編，是恒瑞雖經福康安曲為庇護，仍得遣戍伊犁之處分，非全置不問也。

至黃仕簡、任承恩貽誤軍務，亦經處斷。據明清史料乾隆五十二年四月「台灣一案」，內閣奉上諭：「黃仕簡、任承恩貽誤緊急軍務之罪，均應按律即行正法……但念黃仕簡年老，又係病後，且伊從前辦事，尚屬黽勉，受恩最久，所有公爵，係伊祖所立功績，應令改伊長孫黃嘉謨承襲（按：仕簡世襲海澄公）。任承恩係任舉之子，任舉前在金川出兵時，打仗陣亡，其長子又以巡捕營遊擊，因救火得傷身故，任承恩現無子嗣，若將其正法，是任舉臨陣捐軀，竟至絕嗣，朕心實有不忍。」等語。其後黃任二人均拿交刑部治罪，但均貸其一死，是矜全之處，係別有原因。除福康安袒護恒瑞屬實外，此事處置，遠在福康安領兵渡海以前，當與之無關。

大紀經革職交福康安審訊，其嚴審定擬摺稿，亦在明清史料中。此摺係與福建將軍魁麟、福建巡撫徐嗣曾聯名具奏，全稿長達數千言，以大紀貪縱營私、玩弛貽誤為主旨。文中瀝述大紀，包庇走私，勒索營弁，開賭窩娼，販賣私鹽等情事，詳列款項數目，共達番銀一萬六千七百餘圓，並經在台開設糖行之王梧處，查出存銀一千五百圓，又錢舖王慶處交出存換錢文番銀四百五十圓；至查抄大紀浙江江山原籍財產，則一無所有，奏內謂為早經得訊，已將金銀埋藏等語。

據大紀供詞：「糖行銀兩，實因向與行戶林良清故弟林朝紳同做遊擊，原係相好，伊夥黃梧乏本求借，是以通情借給。王慶舖內番銀原係換錢留存，陸續支用，此外亦無隱匿寄頓。」至對走私等事，亦略有申辯，如云：「台灣販往他處貨物，只有糖米二種，若令兵丁運至內地販賣，裝載往返，並需在各行收買，難掩眾人耳目，現海口出入簿籍，都已調來，可以逐加查驗，各牙口亦可傳訊，便知明白……鹽務係知府專管，各兵從無販賣私鹽之事，可以查問得的。」又：「兵丁在外自行貿易，兼且包庇娼賭，我不能督同將弁，嚴行約束，實是該死。」

大紀奉詔受審，既經革職，按諸當時律例，即同庶民，可以任意拷掠推求；福康安銜憤在心，豈容稍縱。大紀既以貪污入罪，意其必有鉅大贓私，除江山原籍隱匿金銀，並無實據，不足採信外，大紀以提鎮大員，積歲統兵在台，所存現款，不過二千金，謂之貪縱營私，其誰能信。

高宗既受譖言，其必斬大紀，已成定案，福康安遂亦依此定讞。原摺謂：「賊匪蔓延猖獗，攻陷城池，一載以來，上煩聖主宵旰勤劬，勞師糜餉，歷久未能蕆事，皆由柴大紀玩視貽誤，坐失機宜所致；昧良負恩，莫此為甚。除……計贓以枉法科斷，罪止徒流絞候不議外，柴大紀合依將帥故意遷延貽誤軍機斬決例，擬斬立決。派員解送刑部，請旨即行正法。」林爽文肇釁伊始，勢若燎原，豈大紀一人之力所能遏抑？當時重臣宿將如林，遷延畏縮，或則以舊恩貸命，或則以宗室稽誅，而獨將作戰最力、振守嘉義、保全台南郡治、支持最後殘局之柴大紀抵罪，雖非長城自壞，實乃恨比風波，曩日史籍所傳，如此殆非一例。

尤有令人惻然者，據明清史料載乾隆五十三年十月浙江巡撫覺羅琅玕奉上諭：「柴大紀已於前案正法，核其所犯貪詐之罪，必須將伊子一併懲治，方蔽厥辜。從前甘省冒賑案內，因王亶望贓私狼籍，拖累多人，釀成鉅案，罪浮於法，是以查明伊等之子，發往伊犁；今柴大紀貽誤軍機，失陷地方，尤非王亶望之案可比；著將柴大紀之子查明，發往伊犁，給與兵丁為奴，以示懲儆。欽此！」

琅玕覆奏略謂：「大紀長子武舉柴際盛，於查抄江山原籍家產時，因其預為埋藏金銀，經革夫武舉，發往伊犁充當苦差。次子柴際甲現年二十七歲，三子柴際福現年五歲，四子四觀現年三歲，俱與眷屬同在台灣。柴際甲一名，應即由閩省發遣外，其年僅五歲之三子柴際福，年僅三歲之四子四觀，擬先行解部監禁，俟年至十二歲時，再行陸續發遣。」等語；是大紀身後餘殃，即襁褓之兒，亦難倖免。奇冤至酷，積慘難名，前代帝王寡恩，亦云甚矣。

記陳鵬年

湘潭陳恪勤公鵬年，清康熙時著績河工，與于襄勤成龍，張文端鵬翮，並為治河名臣。公工詩善書，著有《道榮堂集》、《喝月詞》、《河工條約》等書。

余湘上敝廬接公故里，少歲誦其詩，觀其墨蹟，復識其裔孫，兼之二百年來，鄉邦父老，恆以公行誼，詔教子弟，故猶能志其一二，惜歲久不盡記也。

公字北溟，又字石村，一號滄洲，康熙三十年進士，作令浙中，屢遷江寧府知府。衣韋布，飯脫粟，廉介類矯激，而實其素性然也。居官日與民接，按問疾苦，裁抑豪右，凡理詞訟，不陳吏役，或巡行里閭，坐山崖老樹間，為兩造理曲直，皆立斷，胥吏化之為改行，苞苴盡絕，政教大行。時阿山為兩江總督，素貪橫，遣吏數輩詣江寧市物，婪索為暴，莫敢誰何！公立往擒捕，吏被縛，猶咆哮言：「奉督府命來此，若太守位卑，安敢辱我。」公不顧，悉予杖荷校有差，逐出境。阿山聞之大怒！先是府治南市有曠地，游妓咸集，雜技並陳，以是奸宄潛滋，公禁革之，收其地建鄉約講堂，寫聖諭（康熙所撰訓語，當時謂之聖諭）十六條，並榜書「天語丁寧」四字懸於中。阿山摭其事上聞，謂為大不敬，復誣劾公收鹽店典肆年規，及無故捉拏關役，重責枷號各款，事下總河張鵬翮等會同阿山定讞論斬。

公被逮下獄時，江寧人相聚號哭罷市，遮擁不聽去，有裹糧追送至數百里者。學使方按試句容、江寧八縣生童皆在，聞其事，盡焚試卷去曰：「賢吏如陳公且獲罪，吾屬何心復取功名。」其深繫民望如此！

獄既具，清聖祖洞察其冤，命免死來京，在修書處效力。旋特授蘇州府知府，明年，江蘇布政使宜思恭為總督噶禮劾罷，詔以公署布政使。噶禮者，黨阿山，因宿憾甚惡公，思所以中傷之，而江蘇巡撫張伯行素廉勁有風裁，心不慊噶禮所為，祖公甚力，至與噶禮互訐。噶禮遂劾公辦理前任虧帑，及治糧道賈樸侵蝕河工費用案，覈報不實，部議革職，遣戍黑龍江，仍得旨寬免，來京修書。公在任屢忤大吏，得奇禍，亦以此驟獲重名結主知，一死一戍，俱出特宥。

噶禮公甚，必欲置諸死地，曾奏公所作虎邱詩中「鷗盟」二字，謂為結黨之隱語，意圖不軌。此事康熙曾降諭明言之，如云：「陳鵬年稍有聲譽，學問亦優，張伯行聽信其言，是以噶禮欲害之，曾奏其虎邱詩中有悖謬語，朕閱其詩，並無關礙。朕纂輯群書甚多，詩中所用典故，朕皆知之，即末句『鷗盟』二字，不過託意漁樵，陳鵬年詩見在，今與汝等公看。」詔旨中於公極力迴護，賞眷之隆，於茲可見。昔宋世蘇子瞻以詠柏詩為人誣訐，神宗有「彼自詠柏，與朕何干」之言，其事相類，此則並指讒害者顯斥之，尤見聰察。

按公蘇案結後，以康熙五十六年出署霸昌道，任滿奉命與尚書張鵬翮勘閱豫魯運河，旋即署河道總督，超授逾格，視擢蘇藩尤速。聞先輩言，公因江寧案出獄，尚壯，鬚髮皆皓然，及宜力河工，日夜立風雪，得疾，聞康熙哀詔，感平生知遇恩，痛哭昏絕者屢，遂卒，年六十一。

公生平以澤不被民為恥，隨所至民戶祝之，治績以在江寧時稱最，雖驟得騙，而士民乃若人人身丁其酷，卒以此顯名天下，疑其於治術別有創獲，不然，何應之之速也。並聞其卒於河督任所，喪歸，繞棺哭者數萬人，訛言公之靈化為龍，神異之跡，與栗恭勤毓美並傳。世間尤賽其書，謂懸之可以辟火，得者皆祕藏不以示人，求諸珂里，亦稀有矣。

余嘗睹公墨蹟數幅，多作行草書，筆致圓美，先君子藏有綾本小軸，點畫間饒有晉唐人風味，所書三絕句。今猶能誦之，皆飲酒詩也。詩云

由來痛飲是吾師，不飲空令達者嗤！
宰相神仙渾閒事，何如一飲三百卮。

任呼蜾蠃與螟蛉，記我當年困酒星。
麴蘗不須澆塊壘，瓣香從此奉劉伶。

侍立童清貌比花，微酡君亦似朝霞。
森森畫戟斜陽外，燕寢香濃正放衙。

右詩或為公自作，亦有清音，但未覓《道榮堂集》一證之耳。此軸曾乞趙瀞園師鑑定跋後，鄉居時，懸於齋壁，今不可復得矣。

彭剛直生平

石鐘山下記維舟，月白江寒萬象秋，
大將鼓旗如昨日，小姑眉黛壓中流。
明窗看畫頭今白，霜榦橫空力尚遒。
何處舊庵尋退省？一林香雪使人愁。

右近世江都陳含光先生遺製，蓋題彭剛直玉麟畫梅作也。詩筆高華，從江干繫纜，水月空明中以追詠遺跡，寫入本題，概括當年情事，再及畫梅，極見淩空之致，自然得勢。剛直與太平軍鏖戰湖口、石鐘山之間，乘勝進奪小孤山復彭澤，小孤近處有彭郎島，故剛直曾賦詩紀之，有「十萬舟師齊唱凱，彭郎奪得小姑回」之句，含光先生詩中所指，正此事也。

剛直戰績最著者：初領水軍時，於長沙傍湘東下至君山，與楊載福軍張兩翼擊敵，大破之，以勇略冠軍，號為彭、楊，諸將莫與為比。次為田家鎮之戰，斬斷橫江鐵鎖，夷燒敵舟數千，湘軍水師，自是名聞天下。又次乃為石鐘山之戰，當時太平軍置巨炮於石鐘山巖腹，適當江口，湘軍進者，皆經其下，炮發，人舟焦爛，死者枕藉。有諫者云：「敵扼要衝，而令我士卒與飛火爭命，徒死無益，非兵法也。」剛直憤曰：「今日不破此險，勢無生理。吾義不令將士獨死，亦不令怯者苟生！」乃自鼓棹赴之。會敵炮以用久，忽於此時炸破，金鐵怒飛，炮手悉震死，湘軍戰船始得銜尾直下，敵師震駭，遂大奔不可止。就事勢言之，殆運會使然，事功之成，半由僥倖，觀此可信。

余先世與剛直結契甚深，言其在軍中時，布衣粗糲，勤苦如寒儒。自領水師，久居戰艦，日與舵師犀卒，馳逐於顛風駭浪之中，賭性命於俄頃。戰罷，則取酒獨飲，以書畫自娛，終身無室家之樂，聲色之奉，侍側給事，不過一二老兵。自少剛介負氣，及居貴盛，官秩悉峻卻不受，歷年廉俸，亦盡數捐獻。募歲巡視長江，力疾扶衰，至死乃已。夫人鄒氏，子永釗皆前卒，其疾革舁歸寢門，竟絕於部曲官兵之手，一生遭際，有類古之恨人。王湘綺撰剛直墓志銘有云：「爰起孤幼，有志功名，及履崇高，超然富貴。然其遭際，世所難堪，始則升斗無資，終則帷房悼影。」又云：「常患咯血，乃維縱酒，孤行畸意，寓之詩畫，客或過其扁舟，窺其虛榻，蕭寥獨且，終身羈旅而已，不知者羡其厚福，其知者傷其薄命。」皆能曲傳心事，足以盡剛直之生平。

彭剛直軼事再記

先曾祖韻園公，在彭剛直幕府宣力有年，吾家所傳軼事最多，少歲趨庭，先子時時言之，惜歲久不盡記也。

公領舟師奏績，名聞海內，十餘年間，常棹孤舟，出沒江湖。每戰，著藍綢短褉，腰束大帶，叱咤鵠首，勇冠三軍。平居亦多在舟中，設大案以讀書作畫，筆墨縑緗，位置井井。每於風靜波平時，啟蓬窗攤箋作老梅，筆力奇勁，畫畢輒於隙處，相度大小，自撰一詩或數詩題之，無一雷同者。遇求者過多，逋諾未償時，則自寫大榦橫枝，命一老兵代為花圈，自加鈎點，此老兵積久漸稱職，不俟教，亦能縱筆濡染，繁簡略當矣。公畫梅外，並善寫蘭，王湘綺盛稱之，謂格在梅上，但不多作耳。性尤愛蘭，軍中以香草自隨，盆盎羅列左右，日夕視園丁培灌為樂，遇兩軍交綏，金鐵飛鳴，園丁震駭失次，或棄甕逃，公徐徐自汲水澆之，此韻園公所親見。

公晚歲有巡閱長江之命，所至扶掖良懦，鋤拔豪強，長江數千里聞其名字，肅然相戒，豪紳墨吏，尤惕息，或數四輯其徒屬曰：「若毋妄為，彭宮保行至矣。」江干有一司稅關長吏，素豪奢，居大第，極聲色服飾之美，聞公將過此，亟令家人撤廳事所陳珍物，有白玉瓶值千金，一倖童方捧之入內，而公已猝至，見此童眉目姣麗，紈綺滿身，微笑睨之，童大悸如失魂魄，瓶脫手墮地碎裂，主家亦竟匿不敢出。

安慶副將胡開泰，所為多不法，嘗召倡女飲，而使其妻行酒，妻不可，乃抽刀剖其腹，立死，衢巷籍籍，事聞院司，諜所以處之，公適至，立遣人召開泰至舟，略詢姓名，即令牽出斬之。又湖北忠義營總兵譚祖綸，誘劫其友張清勝妻，又令人擠清勝墮水死，祖綸方擁重兵，總督袒之甚力，公伺總督他往，立檄提祖綸至行轅親訊，忠義營軍傾營往觀，祖綸至，以有所恃，陽陽若無事，公數其罪，令引至岸上正軍法，一軍大驚，然慴公威聲，無敢動者。夾江及城上下觀者萬人，皆歡叫稱快。此事深當人心，後數十年，樵叟漁童，猶道之津津，至被諸管絃，江津傳唱焉。

記李世忠

先曾伯祖笏生公，與曾文正公國藩，同舉於鄉，咸同軍興，隸安徽寧池太廣道何桂珍部，桂珍為降將李世忠所戕，隨死者四十餘人，笏生公以適赴貴池為令獲免。余家先世頗傳世忠事，為撮記之。

李世忠者，皖之固始葉鎮人，本名昭壽，身長八尺，輕捷如猿，少禿髮，才可數十莖，性無賴，殺人為盜，人呼禿賊。嘗繫獄，被捶楚無完膚，獄吏又困辱之，有老吏某獨憐其餒，數予飯，久之得出。清咸豐四年，江淮盜起，世忠揭竿呼，得數千人，大掠六安英霍固始之交，遂與湖北太平軍相結，何桂珍招降其軍，軍多乏食，世忠怨，遂復叛，伏兵戕桂珍於英山之南門，率眾投太平軍，授官七十二檢點，屬忠王李秀成，厚遇之，與同臥起。秀成攻陷滁州全椒，命世忠守滁，則繕甲兵浚城壕為自保計。清欽差大臣勝保獲其母，曉以利害，乃復將數百騎降。詔予二品冠，補授參將，賜名世忠，累官至江南提督。

世忠再降，屢挫太平軍，自以功高，驕悍日甚，駐軍滁州，筦長淮鹽運，置鹾吏榷稅，日金數斗，富甲東南。於是極意聲色宮室之奉，自購梨園三部，有玉筍、玉蘭、長春等班，班各百餘人。後房寵姬三十，皆稍夫人。姻親部曲，星馳轂擊，貴勢薰灼，自固至滁，五百里相屬於道，階郡縣椎埋梟桀之輩，皆出入某門，尊之為壽王。

有皮工楊氏女，為世忠妾，寵冠諸姬，後病甚，呼同室蔡姬進藥，飲之而死。世忠方軍臨淮，得報，驚哀流涕，聞蔡姬予藥，以為妬殺之，取劍授一老兵曰：「為我取蔡氏頭，並其父母兄弟悉斬之。」老兵馳往，呼蔡夫人。蔡方對鏡勻鉛黃，謂且迎己，喜甚，揭簾出，老兵致命，即殺諸中庭，復馳騎圍蔡氏門，無少長皆斬首。隨函姬首入臨淮，世忠視之信，乃曰：「此足慰楊氏地下矣。」

世忠生辰，戚黨盈座，召菊部侑觴，酒酣，世忠忽起浮白慷慨言曰：「吾不自料，獲有今日！憶曩昔繫獄時，面黝黑如鬼，以爺呼人，日不得一餐，地蚤成芒，溲溺成渠，獄具，計僅得八金可出，哀懇諸伯叔甥舅，無應者，老母沿門稽顙，亦不能得一錢。今日世忠何多族媚耶？」言已拔劍奮呼，一座失色，其寵姬抑止之，乃拂袖入，一座色始定，皆汗涔涔霑衣也。

李世忠續記

昨記李世忠（昭壽）事，殊有未盡，其他所知尚多，輒復撮述之，俾覽者合觀。

世忠既得志，駐兵滁州，與太平軍忠王李秀成為敵，力戰桐、舒、六安等地，屢扼其軍，使不得逞。迄九洑州浦口已復，江北盡平，復統所部赴淮，助僧格林沁討平苗亂，至清同治三年，始遣散部眾，交出城卡，呈請開缺回籍。

先一歲，勝保以失律被逮，世忠曾上書於曾文正公國藩，乞為代奏清廷，願以己官贖勝保罪，自稱：「前此世忠舉眾投誠，蒙勝帥拊循備至，老母年近七旬，幼子年甫十六，均賴保全，憶其臨行諄切告誡，勉以竭力報國。世忠今日之渥荷殊恩，全家之悉蒙惠澤，至於斯極者，未嘗非勝帥提撕激勸獎掖以成之也。……倘蒙法外施仁，准從寬議，請先將世忠暫行褫職，責世忠立功代贖，不效則並治世忠之罪……」等語，全文見曾公奏稿中，公為轉奏時，不加己意，但言：「勝保係統兵大臣，革職逮治，豈容閫外下臣，一言瀆請，惟該提督係勝保招降之人，此次籲陳私悃，自願立功代贖，臣亦何敢壅於上聞」云云，措詞自屬得體。惟此事並未准行，勝保竟遣戍。前代以己官贖人，其事恆有，世忠蓋師其意而為之，草澤之夫，類能重義，觀於世忠益信。

世忠自就撫以至末路罷官，均在滁州。前此雖受節制，而久居一地，威福自肆，形同割據，時方用兵，資其捍禦，故清廷事事優容之，至金陵克復，全局底定，其解除兵柄，交還防地，自屬事勢之所必趨，觀曾公奏遞之李世忠開缺回籍一摺，於世忠資遣兵員，交出釐卡等項，敘述頗詳。末言：「至李世忠投誠以來，於今七年，屢著戰功，捍衛江北，前此『髮逆』苗亂，甘言煽誘，該提督自矢忠貞，堅凝金石。上年助平苗黨，決計解兵引退……廣散資財，不敢私為己有，尚屬深明大義……」等語，是曾公於世忠此時罷退，尚有褒詞，當兔死狗烹之時，世忠積垢叢愆，竟能獲免，亦云倖已。

然世忠自是仍以演劇博簺為樂，廣蓄優伶，往來長江商埠。又於安慶居宅設博局為囊家，勝負常巨萬，貴游子弟競趨之，至與陳國瑞構釁，敬成大戾，卒被誅死。

陳國瑞者，湖北應城人，少為太平軍所擄，出投九江鎮總兵黃開榜營，以為子，從姓黃氏，貴後始復氏陳。從軍作戰數有功，清咸豐十年定遠之役，國瑞奮勇陷陣，槍中脅，裹創殊死戰，敵皆辟易，積功賞頭品頂戴，官浙江處州鎮總兵。後以傷病，就醫揚州，與李世忠遇，遂起釁端。

國瑞與世忠皆夙隸僧格林沁部，積怨甚深，至是相過從，世忠矢欲甘心國瑞，陽與為歡，日以聲妓相娛，使其不疑。有頃，突率眾潛赴國瑞寓，擒國瑞縛之挾以登舟，揚帆南下。國瑞兄子陳澤培聞信，急追至江干，時有運鉛大舟百餘，方聚泊兩岸，舟中多鄂人，澤培大呼乞援，且揚言能奪還國瑞者，賞萬金，於是人舟大集，眾至數千，追世忠舟及於瓜州，而世忠先已挾國瑞遁去，逕赴金陵，投曾公節署矣。曾公正任兩江總督，立飭查辦，錄取兩造親供，有奏請參處摺稿，其中所言：「李世忠所供與陳國瑞從前結怨之事，同治元年有在高良澗劫去鉛物一案，二年有壽州截殺李世忠部將朱元興一案，三年有懷遠劫留鹽船及搶奪馬鞍皮衣二案，揆度當日情勢，正是陳國瑞打仗奮勇，聲名日起之時，李世忠則人人切齒，中外交疑，正聲名極壞之時，或畏陳國瑞而不敢與校，亦屬意中之事。」係歷敘其構釁之由，至對兩人性行，下語均極嚴毅，於被劫持之國瑞亦未稍加迴護，如云：「該二員素行頑獷，不足深論，惟捆縛一節，則為此案之正文，據李世忠供稱攜手偕同回船，並未凌辱，陳國瑞則稱拖扭之時，揪落頭髮一綹，到船後捆縛辱詈，又逼寫家信，勒取財物。查李世忠蓄憾已久，下此毒手，斷無不加凌辱之理，且以陳國瑞之狡譎暴戾，若非李世忠用強逞蠻，何肯隨同赴船……」等語，蓋曾公老於軍旅，知之稔也。然此次定讞極輕，國瑞降秩勒歸，世忠亦僅勒令回籍，交地方官嚴加管束而已。

世忠回籍，賣烟聚賭如故，後以辱知縣吳廷選，並毆仆其母，為安徽巡撫裕祿所誅。裕祿先召世忠至，宴饗盡禮，乃出朝旨行法，斬於廊下。

趙甌北與臺灣

趙甌北作〈海上詩〉云：

極目蒼茫水接空，兵氛遙指海天東，
人油作炬燃宵黑，魚眼如星射浪紅。
炎徼無村非瘴癘，戰場有鬼是英雄！
紛紛伏莽何時定？翹望征南矍鑠翁。

《清詩評註》選錄此詩，並於題下作註云：「乾隆五十二年，台灣民林爽文作亂，李侍堯赴閩治軍事，道過常州，邀甌北同往，詩中所云，當即指台灣之役。」詳閱詩意，並以李元度所撰《國朝先正事略》趙翼本傳考之，知甌北此時正在侍堯幕府右詩之作，當係指台灣之役無疑，而末句引馬伏波事，似即屬望於侍堯也。

甌北名翼字耘松，江蘇陽湖人，舉乾隆十五年鄉試，官內閣中書，入直軍機處。二十六年，以一甲第三名進士，授翰林院編修，歷官廣西鎮安府，廣東廣州知府及貴西道。工詩，與袁枚子才、蔣士銓心餘齊名，子才稱其詩奇正莊諧互用，心餘則謂其奇恣雄麗，不可偪視。尤精史學，所著《廿二史箚記》三十六卷，鈎稽同異，以淹雅宏博著稱。

始甌北官鎮安府知府時，地居廣西極邊，鎮民與安南因緣為奸，事發，捕獲百餘人，而其魁名農付奉者逸去，前守坐罷官。至是甌北偵知付奉已死安南，獲其子並付奉尸驗之信，遂以狀上大府，侍堯方官總督，疑甌北袒前守，斥之，甌北抗辯，侍堯怒，飛章進劾，適滇緬軍事起，詔促甌北赴滇贊畫軍事，侍堯乃追劾疏還。其明年兵罷，甌北還任，侍堯調兩廣總督，示意監司，令甌北稍折節，予之量移，甌北持不可，此為歷忤侍堯之由，旋雖奉朝旨調廣州，並擢貴西道，而仍以刑獄舊案，部議降級，遂以母老乞歸，不復出矣。

侍堯雖惡甌北彊項，心實重之。及赴閩治軍事，辟為從事，資其謀畫，倚畀甚殷。當總兵柴大紀困守嘉義時，以易子析骸入告，清高宗憐之，飛諭侍堯轉大紀令以兵護遺民內渡，侍堯拆閱後以示甌北，甌北曰：「某目昏，乞於帳外就明視之。」久之不至，侍堯怒，追回詰責甚厲，甌北曰：「明公尚欲封發耶？柴大紀久欲內渡，畏國法，故不敢輕棄，今一棄城，則鹿耳門為賊有，全台休矣。且以快艇追敗兵澎湖，其可乎？大兵至，無路可入，則東南從此不可問，宜封還此旨，某已代繕摺矣。」侍堯悟從之。明日，果得追還前旨之諭，侍堯以此獲主心，膺殊賞，而福康安續至，遂得由鹿耳門進兵破賊，皆甌北策也。

記藍理

清康熙二十二年夏六月，施琅率師攻台，擊破劉國軒軍，鄭延平之孫克塽遂降。琅本延平舊將，至是以功封靖海侯，此役立功最大者，則藍理也。理之族孫廷珍從征，其後三十八年，廷珍復至台平朱一貴之亂。

理於澎湖搏戰時，以拖腸血戰，名聞禁中，斯時隸琅部為右營游擊，領前隊先鋒。於台事告蕆後，琅上其首功，亦僅止加左都督銜，以參將先用而已。其後久之，當康熙二十六年，入都抵趙北口，倉卒遇帝，引避不及，乃捨騎步入梁園。李元度撰《國朝先正事略》卷十一〈書藍義山軍門事略〉，記此事頗詳云：「駕至梁園，問誰騎？公乃出曰：『臣藍理從福建來者。』上問：『是征澎湖時拖腸血戰之藍理耶？』公奏曰：『是。』上曰：『來何遲也？』召至前，問血戰狀，解衣視之，為撫摩傷處，嗟嘆良久！復召至行宮慰勞之，特旨授神木副將，賜帑金三百。未行，擢宣化鎮總兵，掛鎮朔將軍印。二十九年調浙江定海鎮總兵，在浙十餘年，權提督者再，每遇南巡迎駕，或入都陛見，寵賚有加，嘗語諸王大臣以公拖腸血戰狀。又引見皇太后曰：『此破肚總兵也。』視之若家人父子，公每以奏對，皆侃侃直陳，或手舞足蹈不自已，上嘉其真率……」云云，是理在立功後，意外之遇合也。

元度於傳中，記理之戰績云：「公帥師先抵澎湖，鄭氏將劉國軒、曾遂等以數萬眾迎敵，戰艦蔽江，公鏖戰自辰至午，手殺八十餘人，身被十餘創。正酣鬥間，忽敵礮斜飛過公腹，公偃，曾遂呼曰：『藍理死矣。』公仲弟瑤從背後扶公起，公奮拳虎吼曰：『藍理在，曾遂死矣。』喚『草茵』持刀來，連呼殺賊者三，聲如震雷，舟中軍士，皆氣壯，無不一當百，草茵者，公族子名『法』之小字也。持刀授公，見公腹已破，腸出於外，血淋漓，為掬而納諸腹中。公五弟珠持匹練連腹背交裹之，公大呼殺賊不顧也！」其創後竟平復如常。拖腸血戰事，屢見諸平劇中，事不必實有，元度所記，似亦近於誇誕，然理之驍悍，於此可見。

按藍理字義甫，號義山，福建漳浦人，生而魁偉，力能舉八百斤，足追奔馬，曳其尾倒行。少貧無以為生，嘗作染人，尋發憤棄去，持斧擊靛缸碎之，蓋一桀驚少年也。其未從征台灣前，屢下獄幾死，而終得自脫，亦倖已。

海寇盧質擁眾劫掠，時出沒漳浦、岱嵩、井尾間，為害鄉里，理集族中雄健者得五十人，至岱嵩屯焉，時質居井尾，隔江相語，理呼質出門，質率三百人至，理笑曰：「汝恃人眾，心實怯耳，敢隻身與乃公決勝負耶？」質故有名劇賊，身長七尺餘，白皙長髯，揮刀如風，當者辟易。睹理年少，心易之。遂攜盾持短刀躍出，鬥百合，理氣愈奮，始驚其勇！又移時，質漸不支，趾出盾外，理斷其趾，遂斬之，令賊眾曰：「降者免死。」眾皆降，副賊王都聞之亦降。理將詣郡獻功，都請緩期數日，而實潛出剽掠。郡守聞理已從賊，及理至，逮下獄論死。元度記此事甚奇，大抵亦出渲染，如云：「郡守雜公於群賊中鞫治之，將斬，計五十三人，議留一人緩其死，命掣簽，公曰：『死即死耳，何掣為？』群賊以次掣簽，遺一簽於地，公曰：『地上者予我。』官揭示之，『生』

字也。由是五十二人皆斬，而公獨留。」往時官中以人命為兒戲，或亦有之，此後又敘理得免死仍繫獄，同獄者謀越獄，事洩坐斬，將及理，迅雷忽作，晝昏黑，主者知其寃，乃止云云，則全近誕妄矣。

理隸施琅部為前除先鋒，時琅任靖海將軍，在廈門練水師，將赴台，理部有二卒出市薪蔬，遇將軍兩材官觀劇使酒，擒二卒撻之，且痛詆理。理大怒，親往琅所，乞此兩人，琅不許，理曰：「兩材官倚將軍勢，無故撻士卒，且大言辱詈，損先鋒威重，搖惑軍心，今不以此二人見畀，恐軍士人人解體。」琅不得已付之，理回營，即斬兩材官，令啟行渡海，順風揚帆而進。琅聞之不懌，既而曰：「虎將也，必成大功。」遂親統諸軍繼之。

理於清康熙四十五年擢福建提督，至閩日，召故鄉父老歡飲，道及微時顛沛狀，欷歔太息，慨然有樹恩桑梓、蔭庇孤寒意。地方公益，銳意任之，所為或過當，左右親暱，因緣為奸，以是獲罪，論斬立決，追贓籍產，奏上，仍以征台灣功得旨寬免。

元度撰理傳，似頗有意誇飾其人，不知何所依據？據元度自稱所有事蹟，皆採自私家傳誌，郡邑志乘，間及說部，仍正以國史列傳云云，元度之書，立傳本不甚謹嚴，疑理傳取材，尤以說部為多也。

理歿後久之，族孫廷珍，復官福建水師提督，亦理之部曲也。廷珍字荊璞，初從理入伍，授把總，稍遷守備，至康熙四十年擢溫州游擊時，威名漸盛，提督吳陞稱為兩浙第一將材，為同列所嫉。海盜孫森竊遼陽炮艦入海，朝議責成沿海疆史，期以必得。閩浙總督滿保奉嚴詔南下，溫州總兵上謁，滿保聞廷珍名，詢其安在？總兵譖曰：「彼在家觀劇，未暇來也。」滿保怒，據總兵語將上白簡，適舟次瑞安，廷珍迎於江滸，滿保厲聲云：「汝觀劇忙，何為來此？」廷珍從容曰：「某連日在黑水外洋與賊戰，今生擒逆盜孫森等九十餘人至，敢獻俘。」滿保愕然！改容召入舟厚撫之，乃劾總兵而疏薦廷珍，遂擢澎湖副將，南遷澳鎮總兵。

朱一貴之亂，廷珍立功最多，據元度撰廷珍傳云：「公（指廷珍）夜駐犁頭標，料賊必夤夜劫營。漏初下，傳令撤帳房，捲旗幟露刃伏芒蔗間。夜未半，賊至，忽失大營，方驚顧！我金鼓大震，官軍四面突出，賊大亂，自相攻殺，比曉，追敗之於木柵……密遣將擒一貴於溝尾莊。」

廷珍於討平一貴諸役，謀勇俱優，《臺灣通史》並紀其奏記滿保，於「經理臺疆，擬畫沿山為界，禁出入之議，有所諍論，其辭甚備。於撫綏生養之道，殊有卓見，非當時尋常員弁所及。」元度則稱：「廷珍自幼失學，將略由天授，所規畫動合古法，居官以政學，征臺後所業日進，點竄幕客稿，多中窾會，於軍國事盡力為之，尤愛惜人才，所汲引多至節鉞，然未嘗有德色」云，是其人才，與理相較，固已遠過矣。

記莫友芝

前歲於臺北，無意中購得《郘亭遺詩》八卷，貴州獨山莫友芝所著也。郘字見玉篇邑部，力語切，鄨縣亭名。按鄨為漢牂柯郡十七縣之一，其地當遵義府及大定府之半，至晉分之為二，在大定壤者為平夷，而鄨則專遵義矣。友芝父名與儔，字猶人，清嘉慶己未成進士，入翰林，官四川知縣，晚歲改選遵義府學教授，以經術課生徒，人悅而化之，曾文正國藩為表其墓，所謂「恩信行於異域，儒術興於偏陬」者也。友芝概隨侍任所，旋有府志之役，於山水人文，並加鈎討，遂以郘亭自號，蓋本玉篇所錄云。

友芝字子偲，自少傳其父業，與遵義鄭珍子尹共學相切磋，積數年，所學益邃，黔中官師徒友，交口推轂，兩人名遂冠西南。友芝以道光辛卯舉於鄉，連上計走京師，朝貴爭欲致之，輒婉謝去。其為學通蒼雅故訓，六經名物制度，旁及金石目錄家之說，疏導源流，辨析正偽。工詩及真行篆隸書，求者踵接。嘗往從胡文忠於太湖，校刻讀史兵略，又依曾文正於安慶金陵，客其幕府踰十年。大府密薦學問之士十四人於朝，友芝與焉，有詔徵用，卒不起。東南既多佳山水，儒流勝侶，往往而聚，乃獨出往來於江淮吳越之交，從諸人士飲酒談詠，所至忘歸，同治十年卒，年六十一。

遵義府志為友芝與鄭珍共纂成之，其書博採漢唐以來圖書地志，荒經野史，援證精確，體例謹嚴，計四十八卷。據張裕釗廉卿撰〈徵君莫子偲墓誌銘〉稱：自所著《黔詩紀略》、《遵義府志》等外，編訂未竟者，尚有詩八卷，及《文影山詞》、《經說》、《書畫經眼錄》等書。

今按遺詩八卷，刻於清光緒元年，乃其次子繩孫，輯所書散片手稿乞汪士繹、黎庶昌點定本也。據繩孫卷首敘言，原經鄭珍刪次為六卷刊行，猶有意更為裁汰，後從汪黎兩君議，謂集非自定，宜一切仍之，僅各以意去之一二，則友芝之詩，具在此矣。

先是友芝父與儔，卒於官，以貧不能歸殯獨山，遂葬遵義。友芝客死，其弟祥芝、子繩孫走萬里，載其柩歸於貴州，亦葬遵義縣東青田山，與鄭珍、黎庶昌兩塋相望。後數十年，綿竹曹經沅、湘潭劉慕曾為修葺墓道，並搜刻遺稿為《遵義三先生集》。

莫友芝詩述

友芝遺詩八卷，計古近體詩五百四十六首，可略為論次之。

清代經師，頗不乏能詩者，然多好侈陳名物，甚至以訓詁為詩，遂乃搜討經箱，滿紙填砌，論其所作，非不考證精詳，而語木聲稀，味同嚼蠟，不僅風華盡斂，直同押韻限字之文，其距詩之本義蓋遠矣。友芝既覃精經義，而於詩篇，蓋亦篤好不捨，故能為疏通茂美之作，五律規撫盛唐，七律頗專宋格，多有可採者，如〈湘鄉節相寫蘇辛長短句為惠賦謝〉云：

摧敵渾如翰墨場，伏波橫海見湘鄉。
笑談早已收廬皖，草竊寧容老建康！
古調銅琶飛激越，高秋盾墨恣軒昂。
野人心跡同捐扇，東下猶堪一奉揚。（昔以紈扇乞書今亦並至）

〈湘鄉公惠撰先君子表墓文〉云：

翼之教法今誰記，一表山河萬古稱。
先子延江流樸學，倚公雄筆是廬陵。
豐珉刻劃歸須就，西道兵戈阻未能；
更許稿書傳⿱朿末，劇看磨盾健秋鷹。

〈舟經武昌望黃州〉云：

江南無數青山賤，砍割三分岸北頭；
洗眼一岡如碧玉，遠隨孤塔認黃州。
愁雲黯黯悲新亂，春水盈盈隔舊遊。
美酒名魚空自好；不堪持向庾公樓。

鑄辭命意，饒有黃陳矩度。友芝與鄭珍共硯齊名，集中不乏唱酬之什，如〈有懷子尹次其去年見寄韻二首〉云：

飄搖無計守山茨，客舍仍驚墮筍皮。
耐涸煩囂聊揉性，稍憐風月不論資。
虛舟自泛人從觸，止水無波我欲師。

偶把去年相憶句，鴉關回首詠移時。
與子頻年不合並，浪拋心力強支撐。
一家歉理復誰益，十上未通徒自明。
育子且為婚嫁計，弄孫遙羨再三擎。
此生老矣部無用，庶此區區有所成。

則於樸厚之中，自見情致。
五律之佳者，如〈送王午清令雲南先假歸省母〉云：

休說滇雲苦，家山間一牆，
遲官從薄命，取道且還鄉，
藤酒三春節，萊衣五色光。
幾年將母意，一笑已先償。

西南頻歲裏，盜賊幾曾空，
每以凋殘後，方成保障功。
短衣迎社月，孤劍轉夷風。

須信親民者，書生果不同。

〈泊觀音港〉云：

維舟何太早，前路逼烽烟。
黠虜何曾動，孤帆不敢懸！
江光上弦月，花事曉春天。
舉目愁哀雁，清遊忽去年。

〈太湖行營雜詩〉云：

百里熙湖縣，殷繁自昔誇！
誰言千帳外，不見一人家。
客思牽桃葉，春心寄菜花。
那堪憑日暮，城上聽悲笳。

五七古亦時多佳篇，為最錄一二於下：

臺莊凌曉風，空翠來不斷，
連山遞迎送，向客若近遠，
最愛雲際峯，逌然意無限。
我舟西北來，塵色復平衍，
緣延下八澗，石瀨彌激淺，
千艘疲轉漕，孤艇驀飛挽，
嶧屬定幾重，清泗相媚婉，
客心正紆鬱，鷁首勞繾綣。
秦碑野火後，千載付遐眄，
焉知斯臣文，不共碧霞楗，
持此謝山光，勤當剔蒼蘚。〈入嶧縣境〉

手掇岱雲膚寸許，到處隨心作膏雨，
爾時湖漢得豐和，去後謳思溢江滸，
潢池盜弄費殄刈，亂定災黎須善撫。
乃翁平生未竟事，看子承家張其武，
子今趨官向畿甸，嶽色般勤送行旅，
作箋為寄肩吾宮，更割片雲相助與。

觀友芝所為詩，五律姿致明秀，穩愜者多；五七古格法未高，尚乏精作。集中惟七律最多而亦極有功夫，大抵學老杜而參以宋人法度，其舖陳排比，及意興感發，沉鍊蒼深，非短述所能盡。但綜論諸體，精刻不如巢經巢（鄭珍子尹），清峭不如東洲草堂（何紹基子貞）。其平生所詣，仍以經術為歸。至以詩言，尚難以成家名世推之也。世有精鑒，或能暫存吾說，相與提衡得失，而一為論定也歟。

記郭子美

清世咸同之際，湖湘各郡縣豪傑，聞風興起，杖策軍門，建旗秉節，膺五等封者相望。惟獨湘潭一縣，士多步趨隋陸，不爭絳灌之功；即有依附末光，亦僅領偏師而止，至於橫草書勳，凌烟紀烈，惟郭軍門子美一人而已。

子美湘潭郭氏，名松林，少時，家困窮，擕水烟具就街頭賣之，博數錢，而豪宕自熹，朋遊飲博，或竟夜不返。太夫人精星相家言，嘗為推造曰：「是兒他日必居八座。」子美寒夜博歸，翁嫗已眠，聞叩門聲，翁恚曰：「汝家八座歸矣！」太夫人自起啟扉納之，以為常。

清咸豐六年，曾忠襄國荃以同知領兵援江西，子美往投軍，從攻永新、泰和、萬安、蓮花廳各屬之敵，每戰皆捷。十一年，隨忠襄移軍安慶，子美力戰，敗太平軍援卒三十餘萬，盡殲其精銳，遂克安慶府城，敘功官遊擊，賞奮勇巴圖魯名號。

淮軍新立，李文忠鴻章於湘軍中選驍將以自佐，得子美，深愛重之，雖山公之於葛疆不是過也。自是改隸淮軍，領洋鎗隊，盡克江陰、無錫、常州諸郡，生擒潮王黃子澄父子。子美每戰，橫矛躍馬，盪決無前，血染弓衣，裹創愈奮，其弟相從行陣，亦以驍勇善戰知名，號七將軍，卒以力戰陷陣死，朝旨褒恤，准在籍建專祠。江南既定，子美敘前後戰功，官福建提督，賞雲騎尉世職，予一子一品蔭生，曾文正公國藩辦理天津教案時，子美改調直隸提督，與張秋率兵以備非常，一時推為宿將，年才三十餘耳，旋卒，予謚武壯。

子美既貴，太夫人尚在堂，八座之言，既符精鑒，陔蘭潔饍，備極尊榮。子美於軍事稍平時，告歸侍養，繪《思親釋甲圖》，當時名彥，題詠殆遍。余少時曾拜公畫像。豐頤玉貌，英氣颯然，猿臂侯封，信非虛語。

公子人漳字葆生，負文武略，清季官廣東欽廉道，為母夫人七十稱觴，同邑王湘綺為聯壽之云：「稱觴喜重理池台花木；教子能增光將帥門楣。」夫人，武壯之元室也。

王湘綺軼事

湘潭王闓運壬秋，以詞章經術為一代大帥，治經主今文公羊，廖季平康長素承流益大，實則皆其緒餘耳。中歲築室於故鄉之銀湖，榜曰湘綺樓，從學者日眾，皆稱之為湘綺先生。

湘綺最工駢文，源出六朝，亦陳經義，轉饒茂美，近世江都陳含光盛推之，以為有清一代言駢文者，汪容甫與湘綺而已。

咸同時，曾左功名日盛，皆與有雅故，而均以文人目之，不相推轂，湘綺亦遂絕意於功名，稍後以文章名滿天下，益用輕世肆志自熹。嘗應禮部試，闈中經題為「萍始生」解，覽之笑曰：「經文功令限三百字，此不過數十字可以了之，然作賦則佳題也。」乃援筆作賦一篇，詞條倩麗，託旨尤深，既以違式報罷，而此文盛傳於時，今《湘綺樓集》中有題〈會試萍始生賦〉者即此是也。

湘綺曩歲應試入京，行過齊河道上，大雪三尺，人馬瑟縮如蝟，嘆曰：「吾安能以有涯之生，應無涯之役耶？」即日回轡南還。後數十年，袁氏當國，請修《清史》，致蒲輪安車之聘，湘綺行有日，邑名士大會祖餞，會天寒雨雪，孫農部蔚鄰謂湘綺曰：「先生豈不憶齊河道上乎？」四坐失色！湘綺徐徐笑曰：「我自應年姪之招耳。」袁之世父與湘綺為同年生，故云然。談者謂農部辭鋒冷雋逼人，湘綺致答，適當分際，亦能自解。某平生機悟辯捷，類如此。

嚮日男妓皆稱相公，亦謂之龍陽君。相傳易哭庵嘗與湘綺在舊京人家共宴，坐設醬甚美，有問產自何處？主人言適有人自湘潭來見饋，湘綺先生謂鄉物也，哭庵舉箸戲曰：「此所謂湘潭出醬。」（叶將）相綺應聲答曰：「未若龍陽出相。」哭庵湘之龍陽人，闔座皆為大噱！

清世以翰林為榮，湘綺暮年膺檢討之賜，樂甚，投刺拜客，遇前科翰林，雖少年，亦自稱詞館後輩。最初，猶貂褂翎頂出赴宴飲，有某新貴著西服甚都，見湘綺狀，詫曰：「今已易代，先生何乃仍著滿人服裝？」湘綺睨其人，笑曰：「當世服色未定，身與君所著者，皆非漢族衣冠，姑暫各行其是可耳。」湘綺偉幹豐頤，所至隨宜肆應，語傾四座，余兒時尚及見之，年過八十矣。

天童上人

湖湘多名僧，天童上人最為緇俗稱慕。上人飛錫四明，歷居阿育王寺及天童雪竇，主天童尤久，海內多以此稱之。其俗家姓黃氏，名讀山，披剃後，法名敬安，號寄禪，以燃二指供佛，故又自稱八指頭陀。舊居湘潭姜畬，距余家才三十里許。上人既以詩名震一時，詞流交口推重，事蹟為世所傳，不煩詳引，惟其成詩始末，固尚足供靜士參證耳。

禪宗主靜，靜力能賅萬法，反聞自性，無上聖智皆自本體而生，況尋常世諦文字耶？然詩者凡情，離情不立，若持情歸靜，掃空能所，以成頓悟之功，則合覺離塵，當能於此中略探消息，此自上人發悟之由，亦其成詩之漸也。

上人幼丁慘酷，無處求生，嘗為人牧牛，見白桃花繁英滿樹，光明如錦，忽頃刻為風雨摧敗，頓悟人世無常，遂涕泣投湘陰法華寺出家。又曾渡曹娥江，謁孝女祠，叩頭流血，同行僧侶謂曰：「奈何以比丘禮女鬼？」上人答云：「汝不聞波羅提木叉孝順父母，即身成就耶？諸佛聖人，皆從孝始，吾觀此女，與佛身等，禮拜亦何過焉？」及後聞法軍攻臺灣基隆，發憤渡海，欲赴軍前鬥死，為同參勸止。凡此皆至情流露，稱其性分，不類禪人。

當上人在南嶽祝聖寺，從賢楷律師受具時，專司苦行諸職，於文詞無所通解。寺中首座精一頗好吟詠，猶以非出家人本分事諷之，而留意薰習，當從此始。其後數年，省所親於巴陵，登岳陽樓，諸文士方分韻賦詩，上人躡屐後來，獨澄神默坐，下視湖光，一碧萬頃，忽然有會，得「洞庭波送一僧來」句，舉座皆為擱筆，謂有神助！自此乃從人授《唐詩三百首》，一目成誦，而詩亦益進。其自述有云：「自以讀書少，用力尤苦，一字未愜，如負重累，至忘寢食，有一詩至數年始成者。念生死事切，時以禪定為正業，一日靜坐，參『父母未生前』語，冥然入定，內忘身心，外遺世界，坐一日如彈指頃，猝聞溪聲有悟，嗣後遍遊吳越，凡海市秋潮，見未曾有，遇嶽谷幽邃，輒嘯詠其中，飢渴時，飲泉和柏葉下之，喜以楞嚴圓覺雜莊騷以歌，人目為狂。」則禪意詩情，兩相饒益，此自吟人得未曾有之境，即李杜蘇黃復起，恐亦將愕然避席矣。

余嘗聞上人中歲還湘，詩集已鏤板行世，名重藝林，時曼殊大師亦以文詞負美譽，薄遊長沙，有介其相晤者，上人但熟視不發一語，曼殊亦瞠目報之，然徵此二人竟成莫逆。人或謂上人之初不加省，蓋負其才思聲名，不肯相下，而終焉投分，則仍由愛才一念，而生出情愫耳。上人深於情，纏綿之致，往往於詩中見之，記其所作長句云：

身似孤雲無定蹤，南來三度聽霜鐘。
人方見雁思鄉訊，山亦悲秋帶病容！
佳句每從愁裏得，故人多向客中逢。
自嗟未了頭陀願，辜負雲峯幾萬重。

雖非高作，而通體穩愜，自有一種情致，溢於楮墨，視往昔山僧饒舌，拙者味陳蔬筍，高者語落機鋒，較此為遠不逮矣。上人居岳麓，曾作影字韻詩，妙緒駢羅，吐語警絕，其中如：「山鬼夜窺人，孤燈生綠影。」「夕陽下寒山，馬蹄踏人影。」「天寒水不流，魚嚼梅花影。」等句，龍陽易哭庵一見嘆異，尤愛其〈孤燈綠影〉一首，至欲以自作百篇易之，傾服如此。

上人他作之膾炙人口者，如「袖底白生知海色，眉端青壓是天痕。」「寫葉晚霜後，種花新雨餘。」「傳心一明月，埋骨萬梅花。」及詠白梅之「空際欲無影，香中疑有情。」信足自成馨逸，於此殆關夙慧，亦或略見禪功，非鈍根人所能夢見。

惟歷觀上人平生所為諸詩，慧業才情，交揮並發，大抵所詣，不過於斯，逮其晚途，更不加進。既未能敷陳勝義，盍啟心源，為僧家開上乘之門，獨往精思，一更體貌；亦未能上窺騷雅，以成宏製，抗手名賢，而徒以才語驚動世人，規規故徑，頻多酬獻，微損玄徽，豈寂照之功，外馳漸泯？以上人才性言之，為深足惜也。

近世虛雲法師，久淪魔窟，無損修齡，亦以禪靜之餘，偶為詠事。聞近有人傳其峨嵋作云：「石徑雲濤高際天，潭圇還是太初先。坡前犢子迷歸路，引入香風蹴白蓮。」以為佳作。虛雲禪定，固或超出上人，而就茲事言之，實遠非其匹，前詩承轉處，已成疵累，篇末貌為名雋，究與禪偈相鄰，宜不能與上人並論明矣。

記嚴咸

熊湘遠居湖外，在昔之世，重溟千里，士不易貢於王庭，然代有奇才，如蘭杜之馨，隨風酷烈！雖羅生深澤，終必移根紫府，列為閬苑之珍。亦有自閟名芬，不矜服媚，摒棄於巖壑者相望，乃至霜摧雪壓，或為人攀斷踐踏而死，蓋亦不知凡幾也。榮瘁之數，果孰得而予寧之，毋亦盡出偶然。推以驗乎人，其幸不幸，亦若是則已矣。

漵浦嚴咸，字受安，先世通顯，幼失母，大父妾任氏撫之成人，性介猛有奇志，面如削瓜，為學穎悟絕人，年十六，工騷賦文詞。張學使金鏞按試辰州，咸應試作錦雞賦，文不加點，詞旨遒麗，金鏞奇賞之，比之禰衡，三試皆第一，遂入縣學。明年應鄉試，所作經策，筆力橫恣，盡破程法。考官楊泗孫錢桂森方求湖外奇才，得之大喜，遽判中式，榜發，同考官疑其違式，議召咸修飭之，咸固不肯，於是諸生爭譁，言咸文無起止，不可句讀。漵浦人素嫉咸，無知不知，盡指為巨怪，莫有稱其才者，而咸名益著。

清咸豐九年，咸以舉人覆試京師，尚書沈兆霖，大理寺少卿潘祖蔭為總裁，闈中得咸文，考官聚觀，皆大驚怪，兆霖憤然以為不通，而祖蔭必欲置咸第一，相持不肯下，兆霖者故祖蔭座主，祖蔭語侵之，且錄咸文出示人，朝官由是人人知嚴咸，咸遂不會試而歸。

咸既歸，益肆力於學，為文沉博雄傑，喜論兵，頗慷慨為烈士。湘陰左文襄宗棠，獨愛咸，謂可大成，見其文未嘗不稱善。宦浙江巡撫時，上疏論薦，趣往軍中，至則請領一軍為前鋒，又求備卒伍，效死行陣，文襄勸止，命徐待所宜，咸忽發病，以頭觸壁，大呼求死，乃送歸長沙，一夕閉戶自經死，年二十五。

王闓運湘綺與咸論交，最推重之，其死尤致痛惜，稱其學長於方域河漕鹽法，某文如玉符，五言詩如陸機。曾撰嚴咸傳，極言咸文學卓絕，非有巨害於當世，而世俗望風讎嫉之，及其死，眾忌者叢伺環睨，終不能不解散，咸之早死與老死，死等耳，孰與夫一死以謝流俗，愉快妒者之心志云云，聲迫而哀，亦可稍抒咸之志於地下矣。

記宋芷灣詩

余家舊藏蔣予檢矩亭畫墨蘭橫幅，左角題絕句云：「此花應悔入離騷，自佩靈均鬱不消，近日天涯隨處有，十分香處卻難描。」矩亭清道光咸豐時，以畫蘭名世，筆墨秀逸，書亦飛動。所題詩不審為何人作？近日偶閱宋芷灣《紅杏山房詩鈔》，乃見諸集中，尚有一首云：「楚山無語楚江長，留得騷人一瓣香。風雨勸君多拂拭，世間蕭艾易披猖！」蓋司時作也。

芷灣名湘字煥襄，廣東嘉應人。九歲見諸父作文會，即取片紙學為之。及長績學，工為文辭，具倜儻雄奇之概。清乾隆壬子，赴鄉試歸，偶與里中人共飲，座客多文士，有數輩互誇稍其闈中作，錄稿傳示。芷灣家貧，衣敝衣居下座，覽文無語，客怒，詰之曰：「汝文云何？能勝我輩耶？」芷灣徐徐探懷中出稿，眾讀未竟，皆大驚改容。是歲，芷灣竟舉鄉試第一。嘉慶己未成進士，入翰林，旋典試川黔，授曲靖府知府，改署廣南府，權迤西道。有景在東者，招匪黨千餘將為亂，民洶懼，請兵大府不應，芷灣乃糾合民夷練鄉團，先以計散賊黨羽，揮兵擣其壘，獲在東斬之，邊陲以靖。道光五年遷湖北糧儲道，其明年卒，年七十一。著有《不易居齋集》，《豐湖漫草》，《燕台滇蹄》諸集。

芷灣居宦久，以書生牧民，有胆氣，著政聲，不能僅僅以詩人目之也。宦滇時作詩頗多，詠物託興，從真性情流出，錄五言三首如下：

籠鳥不自寂，瀾翻朝暮音。
如言此間樂，難答主恩深。
側目看雲路，迴頭聽鶴吟。
無端匆愁絕，何處舊山林？〈籠鳥〉

盆花不自後，紅紫競春姿。
簾影初分處，茶聲正熟時。
因香移案近，為韻惜看遲。
澧浦秋蘭晚，誰知有所思。〈盆花〉

砌草不自歇，東風皆有情。
出山行遠志，委地小成名。
歲抱門庭寂，春逢雨露生。
不愁燒野火，莫管鬥清明。〈砌草〉

又斷句云：「削竹插籬深護菊，移香就枕細攤書。」「笑口人情花剪響，酒杯天氣雁聲涼。」其情韻句調大率類此，洗伐之力頗深，而才力工夫均有獨到。至其語張南山，自詡為「飛行絕跡」云云，要為過誇，未足信也。芷灣書法亦縱肆見氣骨，伊秉綬墨卿甚推重之。

記黎樾喬

清咸同間，湘潭以學行顯名當世者，必推黎樾喬、羅研生兩先生。兩先生與並時名彥如湯海秋、郭筠仙、何子貞、孫芝房、周荇農諸子友善，而尤於曾文正相知最深。研生先生名汝懷，官內閣中書，著有《綠漪草堂文集》行世。至樾喬先生所著《黛方山莊詩集》，則尚未一見也。

樾喬先生名光曙，湘潭茶園舖黎氏，清道光癸巳進士，由翰林院編修轉御史。歷數歲，海氛大肆，當事者憚發難，多依違其間。先生陳封事十餘，語多切直，失執政意，施以丁外艱歸里。丙午再起為山東道監察御史，復力陳時務，皆不見用，遂移疾歸，賦〈都門留別〉詩八首，盛為時流傳誦。《曾文正公詩集》有〈送黎樾喬侍御南歸〉詩五首，正此時作也。詩之首章有「秋色滿大地，良朋還去余。」「不能久依倚，脫棄如驚鳧。」又第四首之「夜半草萬言，朝奏廿泉宮。」「自獻雖不效，義憤倖賈終。」等句，並見交厚，與當日直諫情事。

〈都門留別〉詩八首，瘦健清超，格法在黃陳之間，當與曾文正、何蝯叟抗手，聞先生所著《黛方山莊詩集》六卷，於清同治間鋟板，甫印一部，板即失去。此一孤本，在其裔孫處，迄未另謀印行，余家與黎氏有葭莩親，故頗知之，喪亂以來，亦無從詢究矣。

頃檢行篋，尚有此八詩及他作古近體詩十數首抄稿，特摘錄如次：

〈留別〉八首之一云：

殘蟬已無聲，楚客今當歸，
寸稟養頑鈍，悠悠經歲時。
仰視蒼天高，正色無由窺，
周道自挺挺，我行殊紛歧。
省識轉惶惑，汗漫無端倪，
鑪薰就詹尹，繇偁滋然疑。
人生要自審，進退命所司，
吾其為瓠樽，襆被從此辭。

其二云：

束髮受詩書，志與溫飽別，
時事有悲憤，森然五情結。
柱後叨在簪，芻蕘屢陳說，
獻芹誠乃癡，孤憤不能抑。
朝廷宏翕受，折衝鮮陳力，

深宵焚諫草，廢紙如山積。
事往空慨慷，悲來但嗚咽，
百期不一酬，志願何時畢。

其四云：

諫官非冗員，為國肅紀綱，
驄馬好威儀，繡豸好文章。
一介田間來，居然謬所當，
豈猶不足歟？而有他志萌。
顧惟策萬里，駑劣豈宜襄，
六載了無補，得不還耕桑。
敬告同僚友，去就皆官常，
昨者陳與朱，翩若鳧雁翔。

其六云：

屈宋擅風騷，根柢在忠謇，

藻豔性之華，末流派彌遠。
至今吾鄉士，文采抱忱悃，
感激拜荃蓀，彪蔚集梏菌。
以我廁其間，聲實溷端竅，
左右相挈提，旰宵得祓湔。
論交屬心骨，幾與天屬近，
人生有離別，精氣無域畛。
敬恭復敬恭，來者得觀善，
臨行睠槐蔭，雙眥淚痕泫。（自註：湘潭邑館槐為陳恪勤公手植）

右詩即事抒情，皆非泛泛之作。此外尚有〈留別送行諸友〉七律二首：

匹馬銜風出國門，夕陽浩蕩滿郊原。
回頭廿載祗如昨，注目西山無一言。
黃葉何心辭故樹，白雲依舊宿寒村。
征車歷碌長安道，夢繞觚棱曉月痕。

從來吾道各行藏，感謝群公意慘傷！

十駕終難千里致，九牛豈惜一毛亡。
西風別淚酬朋舊，白雪新詩壓客裝。
拂拭袍痕餘雨露，江湖滿地有恩光。

郭嵩燾筠仙曾序先生詩云：「樾喬侍御語予曰：『頃曾侍郎（按此指曾文正公國藩）表章山谷內外集，有羽翼詩教之功，凡為詩，意深語博，屏絕塵俗，惟山谷為宜。』其後侍御乞假歸，有〈出都感事〉諸作，傳誦一時，盡變平日和夷清麗之音而為抑塞磊落，因悟向者之言為自道所得也。」等語，先生為詩取徑山谷，與求闕齋交相沆瀣，可於此見之。《出都》詩五言諸篇，仍有寬博之象，至七律二首，微寓怨誹，蓋斯時目擊艱危，心傷侘傺，離別之際，繫念友朋，不自覺其言之稍激。就各詩言，雖未能許為高作，固亦同光詩派中之健者也。

其七言古詩〈四柏行〉云：

司徒廟前四古柏，森然布列各殊狀。
一株郅偈干雲霄，眾條紛敷酌宜當。
氣象尊嚴若王者，雍容冠服朝堂上。
一株標異在膚理，蹇產詫若纏絲纊。
骨節錯錯中藏稜，勁枝折鐵誰敢抗？
其東一株伸兩爪，紛挐如璘不相讓，

又如奇鬼欲攫人，伏地偵伺翹首望。
迆西一株尤絕奇，皮之僅存無腑臟。
首尾至地枝仰撐，其中豁開外健壯。
世間萬木總雷同，此四株者儻新創。
吁嗟造物有意無？竚立斯須為惆悵。

茲篇以文為詩，尋常詞藻對偶，均摒棄不用，於蹇澀中寓嫖姚之氣，此曾（文正）何（蝯叟）諸人所尚，亦為後學所宗，同光詩派蔚成風氣，華路之功，於此可見。

七律之最佳者，如〈過歧嶺韓祠榕樹絕大枝榦扶疏恰蔽祠宇〉云：

嶺海東行半是山，百圍榕樹壯邊關。
孤根盤結三唐後，直榦高陵百越間。
誰假詩篇滋異說，似聞陰洞富神姦。
蒼茫獨立懸崖影，萬里秋空見鶴還。

當與鄭子尹、莫子偲爭先，而雄厚之氣，似尚過之。

先生再起，官御史，以巡視京師廣渠門嚴責守者為備，獲譴降官，竟謝病歸，自此遂不復出矣。當是時，太平軍已攻下江寧，分軍北上，及於靜海獨流，訛言天津已有敵蹤，都門戒嚴，先生適奉命巡城，聞之憂甚！踰日，諭門領達興阿，嚴密防範，且令城上宜多積磚石，以為堵禦。旋見守者漫不經意，則斥之曰：「防禦非細故，倘守具明日不備，將治汝。」達興阿懼獲罪，走愬諸大僚，言「御史恇怯，謂明日寇將至。」以為搖惑。大僚聞於朝，責其張皇。或謂先生但詣某王自陳，事當解，先生曰：「褫職耳，何降志為？」及事下部議，朝士皆謂先生思患預防，非私罪，宜從輕議，獨協辦大學士賈楨堅持從重，遂鐫五級。

據先生自言，諭門領時，有「明日」二字。湘人之言明日，猶言他日，正京語之所謂「明兒個」，蓋泛指將來，而門領執言為次日，以入其罪，明明為自身開脫計也。然敵氛漸迫，嚴警傳於輦轂，嬰城責守，職分所關，有備無虞，何論先後，顧遭謫降，已見公論不伸。先生之不加剖辯，遽遂初衷，亦可見其高致矣。

記湖湘三學人

湖湘風氣質樸，士多讀書慕名節，不尚浮華。自明清以來，通儒輩出，醇風遠扇，歷數百年勿衰。其間如鄧湘皋、歐陽磵東、魏默深三先生，皆以高文名德，震耀一世，三楚儒流，至今慕之。三先生者，皆於清乾嘉之世，以學術顯名。湘皋搜討鄉邦文獻，博極群書。磵東詩人，冠絕儕輩，默深尤賅博，有經世之志，與益陽湯海秋並稱，非尋常章句之士所能比擬也。

湘皋名顯鶴，字子立，八歲能詩，舉清嘉慶甲子鄉試，屢躓禮闈，遂絕意進取。楚南於明季鼎革以後，里巷之士，毅然殉白刃、蹈溝壑者，不可勝數，篇章著作，半隨水火劫奪，以至滅沒。歷時既久，猶多以文術志節相高，往往抱幽守獨，至老死不出，或窖其書牖下，不求名於時。湘皋網羅散失，每得殘縑斷簡，如獲奇珍，驚喜下拜，不能自已。積數十年之力，纂成《沅湘耆舊集》二百卷，及《明季湖南殉節諸人傳略》二卷，又增輯周聖楷所撰《楚寶》為四十五卷，《寶慶府志》百五十七卷。其《沅湘耆舊集》，以詩存人，各繫小傳，數至一千七百餘，詩凡一萬五千六百餘首。可謂勤矣。晚授寧鄉縣學訓導，尋謝病歸，居長沙久之，巍然稱楚南文獻者垂三十年。

磵東名輅，字念祖，清乾隆甲寅舉人，博學多通。少孤貧，非其力不食，有梁伯鸞、徐孺子之風。既屢試春官不第，則一肆力於詩，與同時法時帆、錢裴山、曾賓谷諸人唱和，然不多作，嘗言

「作詩當自寫胸中之天」，見其所得之深。著有《磵東詩集》，陶文毅雲汀曾為刻之吳中。湘皋輯《耆舊集》，錄其所作，謂清代二百年間，湘人為詩，惟湘潭張陶園能與抗手，非虛譽也。

余少時曾誦《磵東詩集》，今猶能暗誦其〈送友人赴巴陵〉一律云：

瘦馬立風鞭在手，亂沙捲地月當頭。
十年一劍漢南去，萬里五溪天外流。
遠樹影沉知向曉，斷鴻聲杳不禁秋。
愁君明日巴陵道，山徑漫漫雪打裘。

右詩氣體蒼秀，亦見格法。湘皋磵東同籍新化，曾文正作〈鄧湘皋先生墓表〉稱湘皋「與同里歐陽紹洛磵東以詩相厲，客游燕齊淮揚嶺南，所至悲愉抑塞，一寓於詩，覷幽刺怪，遏之使平，終歲顓顓，誓不履近人之藩，而又恥不逮古人。每有篇什，輒就磵東與相違覆，引繩落斧，剖析毫釐，書問三反，或終不得當，交嘲互訟，神凶形瘁，已而困極得通，則又相互大歡。」其品第兩人之詩則謂：「磵東持律矜嚴，體勢稍褊，先生則波瀾益壯，跌宕昭彰。」平江李元度次青言磵東平生「漂鬱剛介嚴凝之氣，一寓於詩，其初從義山窺少陵，戛而為昌黎，浞而為東坡，晚乃跌宕昭彰，自出一隊」云云，稱美磵東，亦有「跌宕昭彰」語，與文正之論湘皋同。磵東集今不可見，錄前作及次青之言，蓋可見其詩之大凡矣。

同郡魏源字默深，邵陽人，清道光壬午舉順天鄉試，中南元，其文至膺睿賞，聲華藉甚。甲辰第進士，發江蘇以知州用，權東台興化縣事。己酉大水，河帥將啟閘，默深念閘啟，鄰近七州縣將為魚，力爭不能得，躬赴制府擊鼓上聞，制軍陸建瀛立往勘查，始得免啟，七州縣士民皆德之。未幾，補高郵州，坐驛遞遲誤免，尋以緝匪功復官，默深文章奧衍，經術湛深，初崇尚宋儒理學，後乃發明西漢人經義，通《詩》《書》《春秋》，於《春秋》最推董仲舒，謂董生疏通大義，其書三科九旨，燦然大備，且宏通精淼，內聖而外王，蟠天際地，遠在胡母生、何休之上。尤悉心時務，精輿地之學，其論河務，謂宜改復北行故道，所言多驗。晚以海疆多變，益發奮著書，大略言籌夷務必知夷情，知夷情必知夷形，因據粵督林文忠則徐所繹西夷之四州志，及歷代史志，明以來島志，當時之夷圖夷語，成《海國圖志》一百卷，與前所著之《聖武記》並傳，番禺陳澧蘭甫歎為奇書，與訂交焉。

始默深之舉京兆試，文譽驟起，典會試者爭欲羅致之，於闈中得一卷，文筆絕類默深，揭曉，乃益陽湯鵬海秋也。海秋撰《浮邱子》，言軍國利病、吏治要最、人事情偽，凡九十餘篇。年四十四，以誤服方劑卒，曾文正祭之以文，所謂「一呷之藥，戕我天民」者是也。

記鄒漢勳

前記新化學人，有鄧顯鶴湘皋，歐陽輅磵東，一以搜討文獻著，一以詩名，至於研精樸學，著書滿家，則猶不若鄒漢勳也。

漢勳字叔勣，亦新化人，兄弟六人，皆以才稱，而漢勳尤卓犖。年十五通《左氏春秋》，鄉居苦古書少，輙詣郡學借觀，手錄口誦，積久遂博通群籍，自《易》、《詩》、《春秋》外，於天文推步方輿沿革六書九數之屬，靡不究覽。方其孜孜為學時，人無知者，獨湘皋深異之，招至寧鄉學舍，盛為延譽，自是名漸起。衡陽王船山遺書，積稿塵霾，無人董理，湘皋與漢勳同時校刊之，得數十種，湖外之治船山學，蓋自此始。

漢勳勤學發聞，而拙於舉業，所為制科文多不中程，繁或千言，簡不盈幅，以是久困童子試。清道光十七年，學使試三江九江考異題，漢勳對最詳闡，遂補郡學生，旋食廩餼。王湘綺撰〈鄒漢勳傳〉云：「方漢勳之為諸生也，過邵陽，邵陽令固驕庸，以事收之入獄，事頗亟，自院司以下，皆不能道地。會太守至郡，念所以出之。時五月，俗重五日節，太守開宴，僚吏耆老人士畢至，太守虛上坐，遣人持紅紙書名，稱『頓首』，詣邵陽獄，敬迎鄒先生。獄中無鄒先生，唯有囚，太守即迎囚，囚即鄒先生，於是獄吏大驚，出漢勳。」並按李次青撰〈鄒叔勣先生事略〉，言及此事云：「先生居黔五載歸里，而有卲陽之獄。初，族中有枉死者，令不為申理，諸生某爭於縣庭，先生隨眾往觀，令並執而幽之，將中以法，湘皋力救之，事得解。」

兩家所記，詞意參差，湘綺文筆高古，類史漢，優於次青，而次青敘次較詳，亦近事實。湘綺不言漢勳入獄之由，既稱院司以下不能道地，僅太守持刺迎囚，獄吏乃大驚，出漢勳云云，疑其著意在使文辭跌宕警動，不妨架空為之，不必盡符故實，固未若次青之言湘皋力救，為準於情理也。

漢勳出獄，為清咸豐元年，即以是歲舉於鄉，明年禮部試報罷，訪同郡魏源默深於高郵，互出所著相參訂，越歲，太平軍已攻陷江寧矣。

漢勳脫卲陽獄，赴長沙應鄉試，居城南蔡公墓祠；蔡公者，明長沙推官，以守城死於流寇者也。漢勳試畢還所居，夜夢蔡公冠服召見，索所為文覽之，謂曰：「君文殊不工，吾姑薦君。」是科漢勳果得售，而名在榜尾，其夢竟驗，湘綺作〈漢勳傳〉，據以入文，所謂：「漢勳不舉，即或不從軍得官矣！或不死矣！其以微名巧驅之耶？若甚敬重之，以成其名耶？」等語；藉無稽之言，以抑揚其文，而致慨喟，若無不宜，湘綺文體蓋每每如是。

太平軍入江西，江忠源率兵屯南昌，具城守。漢勳故與忠源善，至是奉侍郎曾公命，募楚勇千人，與江忠源偕往。及南昌圍解，忠源擢安徽巡撫，漢勳亦敘勞以知縣用，遂留佐忠源軍。先是皖省會移廬州，太平軍取道桐舒攻之，忠源病不起，至六安益劇，所部兵僅開化鎮篁數百人，倍道前進。漢勳守大西門，敵作三隧道攻城，垂破矣，漢勳力戰，擊卻之。忠源專摺上其功，有詔褒獎，遷同知直隸州。然敵軍雖少卻，而廬州援絕，圍愈急，清咸豐三年十二月，城陷，忠源自裁，漢勳戰死。

湘綺次青記漢勳死事各不同，湘綺云：「廬州援絕圍急，軍多逃亡，或怵勸同走，漢勳不應，俄報城陷，從卒不待漢勳言，急負而趨，漢勳欲奮下，手固不開，即從背上齕卒腕，卒痛釋手，則躍地取刀，轉叱卒曰：『吾今死此，若敢強我，斫死矣。』乃持刀前行，亂斫寇，寇刺之死。」次青云：「時援師營城外五里不得入，而廬州守所部勇目徐淮，久與賊通，臘月十六夜過年，賊緣北城入，詰旦，忠源投水自盡，先生（指漢勳）命酒，左手執杯，右手持劍，大呼殺賊，賊至，格鬥間，斃賊數人，賊怒刃中項，血淋浪，項偏折，兩卒掖之，前走數武死焉。」二人與同時，蓋各據所聞者紀之，故有異詞。

湘綺稱勳著書三十年，且致嘆「其書竟不成！」謂為「身死名微」云云，按漢勳死時年四十九，則自弱冠即已銳意述作。然據次青著錄所纂書目有《穀梁傳例》十四卷，《廣韻表》十卷，《說文諧聲簿》十六卷，《夏小正義疏》一卷，《易象隱群義》二卷，《六國春秋》廿四卷，《顓憲考》二卷，《學藝齋文集》三十六卷，詩詞十六卷等，此外尚有《貴陽大定府志》等書一百八十餘卷，可謂富矣。

記王湘綺遊仙詩句

王湘綺於民國四年乙卯，歸自舊京，適逢上巳禊辰，長沙文士咸集碧浪湖修禊，並宴湘綺。與會者如曾重伯、吳雁舟、程子大、易由甫、劉腴深諸公，皆一時碩彥。碧浪湖者，在北門外開福寺後，有屋數椽，極幽靜之致，為陳海鵬所築。海鵬字程初，清季以提督練兵居此。其地瀕湘江，引水闢為內河，居民以新河稱之。水濱養鴨甚多，肥美無比，海鵬家庖膾鴨最知名，時人戲為之語曰：「欲吃新河鴨，須交陳海鵬。」當時以為名對。

禊堂席次，湘綺對諸名士舉舊作：「長沙故事君知否？碧浪湖邊多鯽魚」二句，以為笑樂。時湘綺年屆八旬，以袁氏將竊帝號，藉詞交還史館，不別南旋，大睨高談，一如曩昔，事事皆以詼浪出之，尤喜誦其舊句，以示後生，如〈甲午遊仙詩〉，亦此時自加註釋告人者也。〈甲午遊仙詩〉七律五首，多言時政，語涉湘人湘事亦甚多，如第一首云：

湘瑟清秋更懶彈，只言騎虎勝驂鸞，
東華舊史猶簪筆，南岳真妃肯降壇。
叔夜祗憑金換骨，陳平何用玉為冠，

淮南自許能驕貴，卻被人呼作從官。

據其自釋，湘瑟秋清句係指湘撫吳大澂自請督兵。東華一聯指黃自元太守以一甲進士參其軍，魏光燾方伯將四營屬吳。陳平冠玉則刺營官饒恭壽之流以容止進用，及淮南驕貴，乃暗指李傅相等，全係湘綺滑稽本色。詩殊不工，而濫用典實，以切時人名姓，如南岳真妃影射魏姓之類，不惟詞意冗泛，比喻亦屬不倫。其他諸句如「幸不倚吳持玉斧，可曾窺宋出東牆。」吳仍指大澂，宋謂宋慶等，大抵皆是一貫手法。

此詩曾為餘杭章太炎戲加點竄，仍用原韻，皆改隸湘綺本事，如用其原詩眠字韻之「婦人行役周媽在，莫怪先生愛早眠。」用裝字韻之「勞拖仙帶迎專使，只領天錢辦內裝。」（太炎自註謂上句袁派專使迎王，下句史館俸錢皆周媽經手）用衣字韻之「莫道燕京天氣冷，高皇前月送貂衣。」（太炎自註謂袁曾送王貂衣一襲）極嘲謔之能事，湘綺恐未及見也。

憶王孟端畫

對日抗戰時，余隨軍居山西趙城洪洞間，戰事稍闌，偶以書畫自怡，於不經意中，得紙本《枯木竹石圖》一幀，約四尺許，奇石中峙，左角畫枯樹，枝榦勁挺，石右畫修竹一叢，秀葉疏枝，自然娟潤，懸諸齋壁，覺有一種逸氣，盪人襟懷。畫者不署姓名，但於石罅題「友石生」三字，書作八分，亦奇崛有致，友石生不知何人，軍中無可考詰，庋藏行篋，時以自隨，亦未甚加寶愛也。是歲還，為舊識某君所見，某君酷好書畫，貪多務獲，實非真賞，及見此畫，必欲得之，強索而去。稍間，偶讀畫史，始知友石生乃明初王孟端別署，孟端夙所欽儀，寤寐所求，既已得之，忽去手，為之詫嘆不置！

孟端生平行誼，秀水朱竹垞紀之甚詳（見《曝書亭集》卷六十三）。按孟端名紱，江蘇無錫人，明洪武中坐累，戍朔州。永樂初，用薦以善書，供事文淵閣，久之，除中書舍人。嘗與吳人韓奕為友，隱居九龍山，遂自號九龍山人。竹垞作傳，稱其「博學工歌詩，能書，寫山水竹石，妙絕一世。」推服甚至。

前世畫人，以品節高介，著稱於世者，宜莫若孟端。孟端行逕絕奇，蓋非常士也。其為畫不肯苟作，興至握管，遇長廊素壁，淋漓霑灑，不問主人。有投金帛購片楮者，輒拂袖起，或閉門勿納，稍迫之，至詬厲勿顧。竹垞傳其二事，極有致。孟端嘗在京師，月下聞吹簫聲，喜甚，乘興寫《竹石圖》，明旦訪其人贈之，則一估客也。客震其名，贈以紅氍毹，求再寫一枝為配。孟端笑曰：「我自悅簫聲，以畫為報，豈識汝耶？汝俗子也，安得我畫。」索前畫裂之，擲還其所贈物。又孟端一日退朝，黔國公沐晟從後呼其字，孟端佯若不聞，同列語之曰：「黔公呼君，何不答？」孟端曰：「我非不聞，是必與我索畫爾。」晟走及之，果以畫請，孟端頷之而已。踰數年，晟復致函乞償前諾，乃屬友人輾轉致之，其不肯逕報，示不為貴勢屈也，高介絕俗類如此！

名賢手蹟，失去已踰十年，每一憶及，輒增惆悵，聊復記之。牢落文人，動多缺憾，其為自慨，不在定庵下也！

張登壽別傳

來台時，行篋中有〈張登壽傳略〉及其所作詩數首，旋忽失去。前撰《魚千里齋隨筆》，曾略記登壽生平，以僅憑記憶所及，前後乖謬，失實之處尤多。今復得行篋前稿及詩，為之喜甚，乃重草〈張登壽別傳〉，以告藝林。漁叔並記。

昭潭山勢自烏石峯以下，清峭平夷，蜿蜒至於湘濱，飛碧流丹，儼然圖畫。立江頭而望，岸花檣燕，都入吟邊，誦杜少陵曉發湘潭之章，即境抒思，如在昨日。江山清淑，代有儒文，藝苑所傳，尤多畸傑。近數十年還，齊璜白石以畫，張登壽烏石以詩，同為王湘綺弟子，並有令聞。白石藝名震一世，身後畫值兼金，而烏石遺稿無存，風流頓盡，菀枯之際，遠不相侔，令人慨嘆無既。

登壽，字正暘，湖南湘潭人，以居烏石峯下，故自署烏石山人，少孤貧失學，入鐵肆為鍛工。其初坐臥與冷鐵為伍，若乃頑鈍無情，俄而鼓以洪爐，火花四裂，漸施錘擊，奇光灼空，乃悟賤士發身，亦猶是耳。自是以傭作之餘，早夜力學，嘗得唐賢孟郊詩讀之，大喜逾望，寢饋誦習不輟。孟郊與昌黎並世，詩筆清寒幽峭，於諸大家中，別開嶄新面目，早然自為勁軍，李觀所謂「其高處在古無上，其平處下顧兩謝」是也。歷宋至明清，作者以其顰效難工，或則略取神姿，或則粗摹篇什，而未有力攻其壘者。登壽筆性清寒，天稟為近，兼之數年刻鵠，不藉他途，遂乃吐茹自然，形神交赴。凡有所作，手自寫存，積久成帙，荒途野徑，時出苦吟，徒供傭保侮笑而已。

同里陳孝廉梅根善詩，為湘綺高第弟子，偶因出遊遇雨，憩其肆旁，登壽捧茗供客，出所為詩冊求教，梅根心輕之，顧其意勤，乃為展卷，才數行，遽大驚改容，徐斂襟讀竟，謂曰：「尊詩字字逼肖孟郊，今世能為子師者，惟吾師湘綺先生，他日當為介謁，勉成絕業，非吾輩所及也。」因贈金珍重而別。

是歲將盡，風雲載途，登壽冠竹皮冠，著芒鞋，行數十里至郡城，求謁湘綺先生。門者睹其狀寒苦，拒不予通。登壽厲聲訶之，從懷中出一巨冊授閽人，且曰：「吾應汝主人約至此，汝何入，敢拒我耶？頃匆匆未攜名刺，獨有此耳。」閽人以其勢盛，心莫測，乃坐登壽於門旁，先以所挾冊進。

湘綺執冊視之，楮葉破弊，塗乙狼籍，冊首題「烏石山人詩稿」數字，略覽數篇，亦為驚詫！乃命延入，從容謂曰：「嚮聞梅根言，知吾子善學孟東野詩，一見果然。今且覓地稍居，行當有以處子。」登壽辭出，寓逆旅中數日，苦思冥索，作詩二篇以獻湘綺，旋復攜稿上謁。及門，湘綺方宴客，賢流皆集，聞登壽至，自起迎，攬其袪遍介座客曰：「此當世詩人張烏石先生也。」使居上坐，又誦其稿盛讚之，一座大驚，爭與締交盡歡，於是「烏石先生」之名，傳布州郡。

登壽遂居湘綺門館，執贄稱弟子，未幾補博士弟子員，舉優貢，而數試鄉闈不第，益致力於學，專研群經，通《三禮》、《春秋》、《尚書》、《詩經》，著有《禮經尚書表》，《詩經比興表等書》，清光緒季年，赴日本研習法律，還湘主明德學堂講席。其後曾官湖南攸縣及山西沁縣縣令，均廉皦有聲。

其〈岳陽避兵〉詩云：

雪山迎後送，天意不我孤。
樹抄夜懸秋，聲向離情枯。
眼老少新淚，路老多偏途。
夢空殘月色，寒破無風裾。
讀書百年計，此際當何如？

投宿叩空門，荒村有破屋。
竈突寒餘灰，鄰舍飢奔鹿。
何者吏捉人，縛之如束木，
少壯早流亡，老弱但潛哭。
秋憐入夢青，夢魂相冷燠。

胼胝走存宋，義劍碧照天。
自慚苦足繭，性命但苟全。

促我痛土步，兩腳不肯先。
夕陽秋風厲，曉露秋星懸。
一掬腐儒淚，兀兀自稱賢。

平旦臨寒井，石淨泉色真。
如何失天性，赤足逐車塵。
字拙志不烈，隨流迷所津。
未涉太行道，窮途恨早新。
夜色復蒼茫，欲往道無因。

世人苦貪競，失得果何求？
今日名利場，昔賢爭此游。
尋觀戰勝跡，千里一烟邱。
劍花秋不死，月下寒啾啾！
借問論功者，毋乃智所羞。

右作五首，思力巉刻，淩紙生新，而氣局頗見宏闊，不僅如東野之專以逋峭見長也。湘綺亦素喜東野詩，曾選錄集中精作，而題其後，有：「看來尚不及張正暘，以小派愈開愈新。」等語（見湘綺樓辛丑二月廿日記），於登壽深致推許。至所謂「小派」云者，似尚待商量，湘綺為詩規撫六朝，刻意經營，頗持門戶之見，於門人請業，多令遷就此途，弟子中詩才最高者，登壽外，尚有釋敬安寄禪（即八指頭陀）及楊莊叔姬。楊莊為湘綺子婦，步趨維謹，專攻五古，克紹薪傳。昔歲讀其篇章，雖亦力攀漢魏，究嫌因襲，多拾陳言，轉不若敬安、登壽之能純以自性為詩，見其真切。蓋敬安從唐賢以發冥悟，登壽確守寒郊故轍，均不繩師法，則所謂愈開愈新者，其以此歟？至詩者性情之事，以真為主，以善為歸，量其性分所宜，何派何人，學者務由自擇，師心為上，安有成法之可言，又豈可固執大小之見，以自囿耶？

聞梅根初見登壽詩，讀至所作〈病起〉一篇，中有「下牀支離行，步步驚地弱。」二句，擊節不已。其時登壽方為賤工，年未及壯，而吐語乃能真摯若此。又傳其居湘綺門館日，困甚，值湘綺生辰，親友餽金，登壽悉攫取以去，追之，竟避匿不見，湘綺怒，至誡諭諸及門「毋學張正暘」。然登壽後屢宰劇邑，以廉正著聲稱，則知嚮者取師門壽金，乃權宜之計，良由稱性而發，益見其真，不足為登壽累也。

登壽詩，為余所傳者止此，雖少，尚可略見風規。長沙劉梧字特之，為登壽之外孫，今在台灣，才美紹其門風。為言曩在髫齡，曾親笑貌，惜外家梨棗，舊夢都荒，遺稿凋殘，更無從收拾矣。

記張陶園

湘潭張九鉞度西，著有《陶園詩集》廿二卷，《詩餘》二卷，學者稱陶園先生。清乾隆時，與其弟九鍵、九鎰、九鐔，並以文章取科第，又均工詩有聲。九鍵字石園，舉人，官隆平知縣，著《漱石園詩集》。九鎰字橘州，進士官川東道，著《退谷詩鈔》。九鐔字竹南，翰林院編修，著《笙雅堂集》。平江李元度次青稱退谷詩在諸張中能拔戟自成一隊，笙雅堂詩則春容名貴云云，然肆力之深，成詩之大，固莫陶園若也。

陶園之父名垣，官河曲知縣，中年無子，禱於南嶽，而生陶園，少讀書有異稟，七歲能為詩文，十二入縣學。初由選拔中副榜，旋舉順天鄉試。陶園詩筆雄健，有青蓮居士遺風，年十三，登采石磯賦長歌，一日喧傳遠近，人呼太白後身。及再赴試入都，值西師奏捷，陶園援筆作凱旋榜數百紙，皆立就，辭義可觀，用是才名噪輦下。清乾隆二十九年，以知縣發江西，攝南豐令，有惠政。其後歷任廣東始興、保昌、海陽三縣，坐盜案鐫級歸。方在壯年，才未竟用，乃舉生平抑塞磊落之氣，一洩之於詩，詩文皆宏博浩瀚，縱其力之所至，而一軌於正。鎮洋畢沅重其名，迎至節署，集名流為東坡生日，酒酣，陶園撰長歌甚工，四座歎服。里居遨遊林壑，年八十三乃終。

相傳南嶽昆盧洞寺有老衲，戒律精嚴，將示寂，作「心通白藕，舌湧青蓮。」八字偈，告弟子曰：「吾願力未盡，仍將輪轉塵世，記自今七年後，有童子至此貌類我者，汝曹以前年偈示之，能屬對，即再來人也。」語畢而逝。後七歲，陶園父河曲君攜之入寺，寺僧睹陶園狀貌大類其師，心異之，驀憶師言，以前句令對，陶園應聲答無誤，徒眾大駭，鳴鐘膜拜焉。及陶園老病將卒，其甥自遠道往省之，將抵所居，日垂暮，遙見陶園著紫袈裟持錫杖，冉冉出前村，入叢薄中而沒，追之已不及，私自念舅臥疾久，豈遂大瘉耶？逮入室，則正陶園易簀時也。陶園臨終，索筆作二十八字云：「擔柴運米百無能，自讀楞嚴自剪燈，夜半萬緣鐘打盡，前身南嶽一枯僧。」此詩為先君所示，今三十年，猶能成誦。《陶園集》曾載其事甚詳，惜無可覆按矣。

記林琴南

清之中葉，桐城姚惜抱張其鄉先輩方靈皋之文派，以為直紹唐宋八家，推衍宗盟，開闢戶牖，海內翕然號為正宗。自陽湖惲子居、武進張皋文繼起，又有所謂陽湖古文學。然二人者實紹述桐城，雖別出以張一軍，而桐城之流派益盛。至清季世，閩縣林琴南，工為古文，盛推姚氏之學，既以高名動被謗傷，兼之抱幽守常，不達時變，遂乃力屈於叢刃之交，勢窮於絕續之際，時則為之，固猶未可以論定琴南，然桐城餘勁，由是盡矣。

琴南名紓，號畏廬，以所居多楓，因取「楓落吳江冷」句意，自署冷紅生。友人熊翰叔琴南弟子，為言琴南之尊人以貿遷渡海，設肆台北，琴南省親遠來，因暫留侍，時在童年，頗好嬉遊，竟日不還，父怒，痛鞭之。自朝至昃，琴南臥不起，父怒未解，而心實憐兒。入夜，陰令肆中傭具飯予琴南，視其食，乃默然去。翰叔並告此事曾親聞其師屢屢言之。肆在台北何地？及琴南何時歸里？均不可考矣。

閩縣李宗言，藏書數萬卷，琴南與訂交，得盡讀之。其初喜為詩及駢文，慕吳梅村、王仲瞿，久之棄去，獨治古文，祈嚮桐城諸老，自謂所著文善閼抑蔽匿，當雁行吳南屏梅伯言。中式清光緒壬午舉人，再應總部試報罷，大挑用教諭，以二十六年入京師，為五城中學教員，年五十矣。

琴南好讀《史記》，尤善言文章義法，其與桐城吳摯甫論《史記》云：「史公大宛一傳，不劃斷諸國，融為長篇，猶散錢貫之以繩，前半貫以張騫，騫卒，續貫以宛馬，於是安息、奄蔡、黎軒、條枝、身毒之通，皆為馬也，零落不相膠附之國，公然與漢氏聯絡矣。」繼謂：「絳侯世家敘侯功頗簡約，至亞夫事則文筆婉媚動人，猶西人之構宇，集民居為高樓，擴其餘地成公園，以待遊侶，此文字疏密繁簡之法也。讀《史記》者，能於不經意求之，或得史公之妙乎？」摯甫大韙其說。又論韓文為人作銘詞往往用七言，而不作七古之想，故力求蹇澀，正以斂避七古，「法當於每句用頓筆令拗、令蹇、令澀，雖兼此三者，而讀之仍能圓到，則昌黎之長技也」云云，琴南讀書能識古人用心，抉發幽奧，類如此。

初，琴南與長樂高鳳岐兄弟交驩，因得職鳳歧之摯友王壽昌，壽昌精法蘭西文，適琴南方悼亡，抑塞寡歡，壽昌語之曰：「法人大仲馬撰《茶花女遺事》，淒豔動人心魄，倘得吾子妙筆譯之，以傳播於國人，亦文苑之奇葩，而震古之偉構也。」琴南聞言歆動，遂以壽昌為舌人，已任筆受。及譯本出，國人詫所未見，爭購讀之，不脛而走者萬本。既而鳳岐主編商務印書館譯事，則約琴南專譯歐美小說，如迭更司、司各德、莎士比亞等著作，皆從譯人受意，琴南含毫傾聽，既久益練熟，又筆捷揮寫稱意，口述者未畢其詞，而琴南已書在紙。往往於一時許就千言，整齊妥貼，不竄一字，繩以文章義法輒復井然，見者無不嘆其速且工。前後殺青一百二十三種，都一千二百萬言，蓋自中國有文章以來，未有用淹雅之文，寫長篇說部鉅著，動盈數十萬言，如琴南者也。琴南積久，雖仍於西文無所通解，顧衡量西方作者著述，於其心思筆法，篇章結構，剖析頗深，自大仲馬《茶花女》外，尤喜稱迭更司所作《塊肉餘生述》，其言曰：「此書為迭更生生平第一著意之書，分前後二篇，都二十餘萬言，思力至此，疑絕地天，古所謂鎖骨觀音者，以骨節鈎聯，皮膚腐化，揭而舉之，則全具鏘然，無一屑落者，方之是書，則固赫然其為鎖骨也。大抵文章開闔之法，全講骨力氣勢，縱筆至於灝瀚，則往往遺落其細事繁節，無復檢舉，遂令睹者得罅而攻，此固不為能文者之病，而精神終患勿周。迭更司他著，每到山窮水盡，輙發奇思，如孤峯突起，見者聳目，終不如此書伏脈至細，一語必寓微旨，一事必種遠因，手寫是間，而全局應有之人，逐處湧現，隨地關合，雖偶然一見，觀者幾復忘懷，而閒閒著筆間，已俯拾即是，讀之令人斗然記憶，循篇逐節以索，又一一有是人之行蹤，得是事之來源。綜言之，如善奕之著子然，偶然下，不知後來咸得其用，此所以成為國手也……」。

琴南之言，未必皆當，然大抵仍不外古文「章法起訖」之論，蹊徑終難越出桐城，亦其所自囿者深也。

繼五城中學之後，文愈多，名亦愈高，遂入北京大學主文科，一時言文章，咸以琴南為宗。其為人勤事無少休，晚歲鬻文譯書外，頗肆力作畫，時珂羅版書畫方盛行，前代名蹟，多見影印，琴南睹之大喜，因得臨摹四王吳惲，上溯宋元諸大家所作，畫筆秀整，又題詠精美，求者踵至，每幅值數十金，紙絹塞屋，兼以版稅版權收益，歲入鉅萬。其故京所居屋，書室寬廣，左右設兩案，一案高將及脅，立而畫，一案如常，據以作文。左案事暇，則就右案，日迴翔其間，自飲食外，無停晷，客至，仍揮毫不輟。其友侯官陳石遺戲呼其室為造幣廠，旋納妾生子，駸鋟富厚矣。

琴南少時為文，從駢儷入，中年論文主唐宋八家，而猶不薄魏晉，及入大學，與馬通伯、姚叔節輩交好，通伯、叔節皆桐城人，為嫡傳承正脈，皆稱琴南不去口，琴南益自熹，遂為桐城張目，竟持唐以前之文章為不足法，寖假掊擊其同時治漢學者甚力，目為庸妄鉅子。嘗與叔節書略謂：「庸妄鉅子，剽竊漢人餘唾，以撏撦為能，以釘餖為富，補綴古子之斷句，塗堊說文之奇字，意境義法，概置不講，侈言於眾曰：『吾漢代之文也。』傖人入城，購搢紳殘敝之冠服，襲之以耀其鄉里，人即以搢紳目之，吾不敢信也。」又斯時，盛倡文學革命之論，力主廢古文，用白話，琴南尤憤懣不平，致書北大當事者謂：「天下唯有真學術、真道德，始足獨樹一幟，使人景從，若盡廢古書，行用土語為文字，則都下引車賣漿之徒，所操之語，按之皆有文法，不類閩廣人為無文法之啁啾，據此則凡京津之稗販，均可用為教授矣！若《水滸》、《紅樓》皆白話之聖，並足為教科書，不知《水滸》辭吻，多採岳珂之《金陀萃編》，《紅樓》亦不止為一人手筆，作者均博極群書之人，總之非讀破萬卷，不能為古文，亦並不能為白話……《說文》之學，非俗書也，當參以古籀，證之鐘鼎之文，試思用籀篆可化為白話耶？果以籀篆之文，雜之白話之中，是引漢唐之燕環，與村婦談心，陳商周之俎豆，為野老聚飲，類乎不類？」

右所言，率多膚廓，取譬又皆迂遠不切事情，宜其見屈時流，勢成瓦裂，然此自關風會，雖辯才捷給，什百倍於琴南者為之，固無濟也。嚮使琴南不規規然務持宗派之說，簡默自靜，但以成其文學藝事，又孰得而侮之耶？

嚴又陵及其譯著

清季嚴又陵所譯赫胥黎《天演論》諸書，文筆奧衍，當時讀書屬文之士，已苦不易句讀，其後數十年，黌舍生童對之，惟有瞠目直視而已。諸書至今，悉淪塵蠹，倘猶能自高閣冷肆得之，亦殆僅矣。

與又陵先後迻譯西籍者，蘇玄瑛曼殊以詩，林紓畏廬以小說，又陵以政治經濟哲學，皆篤守詩古文辭義法格律，毋或踰越，而又陵之文辭尤廉悍刻深，嘗舉「信」「達」「雅」，為譯事三難。有「一名之立，旬月躊躕」語，其用力之勤，蓋可想見。

又陵名復，一字幾道，福建侯官人。早歲師事同里黃宗彝，飫聞宋元明諸儒學行。清同治光緒間，沈文肅葆楨，奉詔創設船政局，招試髦士，為海軍儲才。又陵往應試，以文魁其曹，年才十四耳。既卒業，從軍艦練習，周歷南洋、黃海、日本、台灣間，光緒二年，派赴英國海軍學校，肄習戰術及炮台建築諸學。是時日本亦始遣人留學西洋，伊藤博文、大隈重信之倫皆其選也。又陵翱翔其間，膺最上第。及學成歸，文肅已薨，無用之者。於是發憤治八比文，納粟為監生，應南北鄉試者再，冀以科第進。合肥李文忠鴻章為直隸總督，領北洋大臣，辟又陵主北洋水師學堂講席。文忠治海軍，復令總辦學堂，不預機要，而又陵同學伊藤、大隈等歸國後，皆已尊顯用事，益抑鬱不自聊。甲午之役，海師敗績，清廷特詔遴選人才，又陵被薦，以光緒二十四年戊戌秋召對稱旨，退草萬言書上之，述古今內外國勢，及所以致富強之道，議論甚偉，為朝貴所沮，書卒格不得達。已而政變作，拳亂繼之，避地居上海七年，度既摒棄不復用，乃壹意著述，舉中外學術治理，抉其得失，治以名學，而推本於求誠，並藉譯著發之。

清宣統元年，海軍部立，特授協統，改賜文科進士出身，充學部名詞館編纂。旋以碩學通儒徵為資政議員。三年，授一等參謀官。民國初建，袁世凱為臨時大總統，聘又陵長京師大學堂，充公府顧問，參政院參政。籌安會起，列又陵名，實不與知，亦不亟辯，由是謗議蠭起，遂杜門不復出。民國十年卒，年六十九。又陵生平顯晦，為世人所知略如此。

又陵譯著，最著者有英人赫胥黎《天演論》、斯密亞丹《原富》、穆勒約翰《群己權界論》，及法人孟德斯鳩《法意》諸書。又陵於《天演論》用力尤勤，謂是書所言，本五十年來西人新得之學，又為晚出之書，下筆抒詞，力求精審，其自詡在能以古文辭達奧旨，雖時有所顛倒附益，不斤斤於字比句次，而意義則不悖於本文云云，所譯大率類此。

又陵於當時文章之士，最推服桐城吳汝綸摯甫，每成一書，必以質正，及譯《天演論》出，摯甫讀而嘆曰：「自中土播譯西書以來，無此鴻製，匪直天演之學，在中國為初鑿鴻濛，亦緣自來譯手，無似此高文雄筆也。」摯甫於此發論，大旨謂自晚周而還，諸子各自名家，其大要有集錄之會，有自著之言。集錄者，篇各為義，不相統貫，原於詩書者也。自著者，建立一榦，枝葉扶疏，原於《易》《春秋》者也。及唐中葉，而韓退之氏出，源本詩書，一變而為集錄之體，宋以來因之，是故漢氏多撰著之編，唐宋多集錄之文，此其大略也。集錄既多，而向之所謂撰著之體，不復多見，間一見之，其文采不足以自發，知言者擯焉勿列也。獨近世所傳西人書，率皆一斡而眾枝，有合於漢氏之撰著，惜吾國譯言，大抵弇陋不文，不足傳載其義，惟又陵博涉兼能，文章學問，奄有東西數萬里之長，楊子雲筆札之功，趙充國四夷之學，美具難並，鍾於一手，求之往古，殆邈焉罕儔等語。抉擇源流，非尋常溢美之詞，固確然可信。然摯甫之於《天演論》，所見未必盡同，如致又陵書云：「蒙意尚有不能盡無私疑者，以謂執事若自為一書，則可縱意馳騁，若以譯赫氏之書為名，則篇中所引古書古事，皆宜以原書所稱西方者為當，似不必改用中國人語，以中事中人，固非赫氏所及知，法宜如晉宋名流所譯佛書，與中儒著述顯分體製，似為入式。」摯甫之言固甚當，顧又陵自以志在達旨，不盡從也。

愚以謂又陵譯著，揭信達雅三字為歸，賅其義言之，信為譯著之宗，達旨已足，本非自作，何假高文，雅之一詞，殊堪重審。且其以雅言而明深義，既不斤斤於字比句次，不得不顛倒而附益之，此其於信，已為少背。至所引古書古事，別為改竄，悉隸中邦，則立誠之意已乖，尤為自亂其體。昔房君筆受《楞嚴》，人物語言，初無更替，而精氣溢出，義蘊畢宣，摯甫知言，惜為又陵不取。倘又陵因茲感發，本其所學，精思獨運，樹一斡眾枝之義，為縱意馳騁之文，雖不必遠邁漢唐，要能自成馨逸，惜乎其見不及此也。

讀蒼虬詩

近見散原先生評點陳仁先侍郎蒼虬閣詩數十首，蓋手抄本，未經刊布者。其中多刻意經營之作，散原評隲亦極精。蒼虬有七律一篇，題為〈淚〉，全詩云：

萬幻猶餘淚是真，輕彈能濕大千塵。
不辭見骨酬天地，信有吞聲感鬼神！
文叔同仇惟素枕，冬郎知己賸紅巾。
桃花如血春如海；夢裏西台不見人。

散原評語，謂為刳肝鏤肺之作，駕義山而上之。按義山亦有此題，詩云：

永巷長年怨綺羅，離情終日思風波。
湘江竹上痕無限，峴首碑前灑幾多。
人去紫台秋入塞，兵殘楚帳夜聞歌。

朝來灞水橋邊問，未抵青袍送玉珂。

蒼虬所作思力巉刻，首二句尤妙。頷聯扼住題旨，層層拶逼，力透紙背。五六運用典實，聲情劇合。結處暗寓身世，以寄苞桑之痛，唱喟無窮，如此等題，作至如此境界，律詩之能事，可謂盡矣。以義山前作相較，孰謂古今人不相及耶？

清世以經術度越前代，至成詩之漸，自國初朱竹垞、王阮亭主盟騷雅，以有唐為不祧之宗，海內喁喁，望風披靡，其所極力祈嚮，但以風神才調為歸，及其末流，轉增浮響。袁（子才）蔣（苕生）諸人疊起，雖別繩趨，並無卓行。黃（仲則）龔（定庵）異軌，思力漸深，下逮同光，乃有散原、海藏數公，矯然特出，冥闢群界，益懋聲光。

陳鄭之亞，必數蒼虬。諸公大抵以學力振其精思，憂危增其芳惻，廓宋唐之嚴塹，工為取捨，一以己意運之。其所更歷多，故意廣，其所見遠，故語深，並世賢流，有以矜才使氣為能，縱復睥睨詞場，但覺徒彰客氣，即專倚芊綿清麗，亦僅稍涉籬樊。清詩數百年間，此為挺特，既成包舉之勢，並具開來之功，可為深長思也。

記李審言

興化李詳，字審言，以江陰繆藝風之介，得入兩江總督端方陶齋幕府，羈貧失志，地望無稱，給札著書，不陳賓禮。陶齋移節直隸，審言與朱孔彰仲我往送，時當盛暑，兩人衣冠拱立，陶齋顧見，僅微頷之，仲我以為大辱！審言曰：「彼自慢士，忍之何妨。世方譽陶齋為畢鎮洋，即此已不如遠甚。」其後陶齋再起，督師入川，行次資州見殺，審言作三絕句云：

槐影扶疏紅紙廓，冶城東畔又滄桑，
摩挲石墨人空老，憶到金陵便斷腸！

脫略曾非禮數苛，上宮有女妬脩蛾，
濮賜金集儒書客，那得楊雄手載多。

兟兟含憲出重閽，傳命居然奉敕尊，
輕薄子玄猶並世，可憐不返蜀川魂。

實以述哀，然辭旨之間，固猶不忘前恨，所稱脩蛾見妬，蓋指幕府時事也。

審言自幼穎悟絕倫，其父曾親督教之，生六齡，讀書倍常兒，吐語動驚坐客。及冠績學成文，自然深秀。江蘇督學使者瑞安黃體芳漱蘭深賞異之，錄為附學生員，審言感刻，作〈思君子賦〉寄意。旋食餼，屢試皆黜，而文益高，旋食四方，傀落無偶。年四十餘，謁石埭居士楊仁山，參究生死。仁山謂曰：「爾亦頭陀，墜落受苦。」審言為悚然！既以屯剝自傷，又酷嗜汪中容甫之文，傳聲傳色，動合神理。曾撰〈自序〉一文以模汪氏，其中有云：「容甫比於孝標，已為不逮，余於容甫，又愈下焉，是知九淵之深，未及刼灰，餐茶之苦，劣於含鴆！」激楚之音，謂為酷似。嘗為汪文箋注，一言所出，必詳溯本源，汪文「廣陵對」中有「忠孝存焉」四字，審言謂出《三國蜀志》〈諸葛瞻傳〉注。時上元周鉞左麾，亦篤好容甫所作，見審言注語，咨嗟告人，謂其彊識絕人，能尋人不經意處。又儀徵劉富曾謙甫，一日與審言談汪〈黃鶴樓銘〉，審言為言：「容甫所引『桃花綠水，秋月春風』八字，本出蕭子顯《南齊書》，而李延壽襲之。」謙甫驚起曰：「先兄恭甫昔校《南齊書》，得汪語所出，喜慰數日，不意君一叩即應也。」其為並世名彥推重如此！

江都陳含光先生，以儷語卓然名世，嘗論清代駢文，推王湘綺及容甫直紹齊梁，為清代三百年之冠。湘綺高瞻湖外，學者雲興，握槧小生，多傳法度。至容甫之作，聞風慕效，亦自有人，而雅步翱翔，以審言最為傑出。其論容甫文章，獨詳出處，尤稱確論，如云：「容甫之文，出范蔚宗《後漢書》，而承祚國志，先於范氏；裴松之注所採諸家，規模如一，觀其約疏為密，繼以閎麗，文之能事，盡於此矣。容甫窺得此祕，節宣於單複奇偶間，意味深長，又甚會沈休文、任彥昇之樹義遣詞，而不敢輕涉鮑明遠、江文通之藩籬，此其所以獨高一代而推為絕學也。」

審言之言如此，用能尋源溯始，譬曉密微，標散朗之奇，行清空之氣，其於並時文士，以驚才麗藻為能者，並皆蔑視。尤於桐城文派，闢斥至苛，嘗言：「自方望溪以古文自命，惜抱擁護於後，曾文正又演程魚門言，比於禪林宗派，後生小子，粗有見地，一若文非桐城，即為畔道，比於漢人，且有甘背師法，以求祿利，於是天下靡然嚮風，相逐於不悅學之途，而摹其章法起訖，以為古文在是，滄海橫流，其誰主之，異代必有推原禍始者，某不敢盡言也」云云。至抨擊林畏廬之為文，大致謂「林氏所譯小說，重在言情，纖穠巧靡，淫思古意，卅年來，胥天下後生，盡驅入猥薄無行……其初多文為富，炫鬻自媒，致敗風俗，後又出其緒餘，高論文章，取究韓柳文法，復起桐城之燄，鼓以鑪鞴，勢令海內學子，從風而靡，一與其小說等，而其富厚之願始畢，此僕七十老公，所為不平，而欲義形於色者也。」其言過於激烈，由文派所趨，各張異幟，無足怪也。

審言在兩江督幕，充江楚編譯官書局幫纂，而實無可纂輯之書，乃領官錢，為陶齋從事著作，既以《陶齋藏石記》相屬，復因臨桂況周頤夔笙別撰《銷夏記》，論列書畫，出其餘力助之，鉤稽考訂，勒為一百六十餘種，用是精力銷亡，復困讒人，其心蓋甚苦矣。此後又曾助金壇馮煦夢華纂《江蘇通志》，並膺東南大學講席之聘。當時言駢文，有北王南李之目，李謂審言，王則汾陽王式通書衡也。

審言自張其幟，為子部雜家之學，嘗謂「走（審言自稱）文從甬東全庶常入手，而衍為杭大宗道古之餘緒，實皆出錢受之、黃梨洲。詞繁義縟，而汰去其排偶及明季八股俗調，考據詞章，又未嘗不寓其內。」故雅不喜桐城宗派家之言，每言桐城派不喜用事，不喜色澤語，不喜用偶字，而皆犯之。尤惡文章家批點前人文字，持論極為谿刻，曾稱「既論文章，宜究典實，如〈赤壁賦〉徘徊斗牛之間，業已不確。誦明月之詩，為孟德詩之月明星稀。歌窈窕之章，此出何詩？客有吹洞簫者，客為何人？皆不審究，而自謂古文家，謬種流傳，一枝一葉，點綴排比，起伏鈎勒，指為神祕，不肯輕語他人，必待執贄門下，始露微旨，弟實羞之，故平生兀傲自熹，於宗派者不輕許可也。」云云，此論似屬有為而發，掇拾時流詆斥之詞，謂之「謬種流傳」，稍傷輕薄！然桐城文派，當時已成敗堵，傾頹之勢，殆出自然，固已不待力任推排矣。無錫錢基博撰《現代中國文學史》，於審言學術，引述至詳，謂審言「尚氣好攻辯，人畏其口，亦以此累不得志。」蓋知之甚稔。其生平服膺容甫，就文行言之，似亦與之為近。

樊樊山嘗作句云：「新知喜得潘蘭史，舊學當推李審言。」人謂審言見知樊山，實則審言素不慊於樊。曩歲曾投行卷，負氣不肯相下，致有王恭帖箋故事，其間情節，審言自述至詳。蓋當樊山官江寧藩司時，審言方困躓旅途，繆藝風語之云：「子老且病，須賴人噓拂，雲門宦達好文，子盍以駢文稿予我，當袖謁之，為君先容。」審言素重藝風，如其言，呈文請謁，既見，語不甚愜，又以下僚屢稱樊山為「方伯」，出以告其友王宗炎，宗炎曰：「子稱謂太抗，宜稍樊為大人。」審言怫然曰：「渠大人，我乃小人耶？」旋又有諷審言者云：「樊方伯好收門生，君不見某君齒遜樊二年，新著弟子籍，便獲優遇耶？」審言答謂：「余於藝風先生可謂知己，尚未執贄門下，何況樊山？且謂優遇，不過得錢耳，得錢有時而盡，門生之名既定，即湔洗亦不去矣。」其強項如此，遂用此不歡。及後審言與樊山並寓滬濱，猶避不相見云。

記樊山論詩

龍陽易哭庵，盛負詩才，藻思綺合，與恩施樊樊山，並時飛動詞場。海內詩流，言才捷者，必推樊易，其於一篇之作，極盡調聲選色之能。或遇題旨幽微，陳思險塞，他人所為，攢眉蹙額，望塵辟易者，而二人輒復雍容染翰，提控自如，動疑宿搆。

樊山論詩法有云：「人所處之境，有台閣，有山林，有愉樂，有幽憤。古人千百家之作，濃淡平奇，洪纖華樸，莊諧歛肆，夷險巧拙，一一兼收並蓄，以待天地人物形形色色之相需相感，吾即因以付之，此即所謂八面受敵，人不足而我有餘也。所蓄既富，加以虛衷求益，旬煅季煉，而又行路多，更事多，見名人長德多，經歷世變多，合千百古人之詩以成吾一家之詩，此則樊山詩法也。」

紬繹斯義，謂乃才學識兼到之言。後來文章之士，允宜於茲取則。聞樊山頗亦自負，於詩尤不輕以辭色假人。有某甲屢向樊山誦其所自為詩，樊山慍曰：「君詩韻律既多不協，且誤用故事，數蒙諷詠，有同強聒，施於他人且猶不可，況向僕賣弄耶？」甲面發赬，謝曰：「自慙學殖荒落，以致如此，惟公宥之。」樊山則大笑曰：「吾學乏本源，猶之田無寸苗，樹無一果，何荒落之有？」甲不勝恨，至怒詈；樊山不顧也。

樊山始計偕入都，為會稽李慈銘所賞異，及後宦路騰達，以張文襄之洞拔擢之力為多。嘗自述成詩之漸云：「少喜隨園，長喜甌北，請業於廣雅、越縵，心悅誠服二師，而詩境並不與相同。」其屬句以清新博麗為主，工於使事，巧於裁對，而尤自熹其豔體之作，謂可方駕冬郎。同時鄭海藏詩筆清嚴深至，與樊山取徑不同，而於酬唱品題之際，亦不為菲薄。平生作詩遠踰萬首，儘多妍語，絕少浮聲，與同光體異轍爭趨，獨於中晚唐別開面目，非隨園、甌北所能限也。

南皮張文襄之洞嘗言：「洞庭南北，有兩詩人，壬秋（王闓運）五言，樊山（樊增祥）近體，皆名世之作。」湘綺年輩較高，得名更早，聞此言心勿慊也。然其五言但以擬古為宗，不開面目，離合之際，無得而稱。以此尚論樊山，雖翱翔於元白溫李之間，未成高格，究能自成馨逸，尚足與同光體諸人爭衡當世，無錫錢基博子泉著《現代中國文學史》，於此析論甚詳，其言曰：「樊山頗究心於中晚唐，吐語新穎，則其獨擅。龍陽易順鼎，固能為元白溫李者，於是流風所播，中晚唐詩極盛……至同光體者，閩縣鄭海藏之倫，所為題目同光以來詩人，不專宗盛唐者也。出入南北宋，標舉梅堯臣、王安石、黃庭堅、陳師道、陳與義以為宗尚，枯澀深微，包舉萬象，亦一大宗也」云云，是其區分中晚唐與同光體二派，分源異轍，各領壇壝，頗足徵信。子泉繼稱：「同光體又分為兩派，一派為清蒼幽峭，自古詩十九首，蘇武、李陵、陶潛、謝靈運、王維、孟浩然、韋應物、柳宗元，以下逮賈島、姚合、陳師道、陳與義、陳傅良、趙師秀、徐照、徐璣、翁卷、嚴羽、范椁、揭奚斯、鍾惺、譚元春之倫，洗鍊而烹鑄之，體會淵微，出以精思健筆，字皆人人能識之字，句皆人人能造之句；及積字成句，積句成韻，積韻成章，遂無前人已言之意，已寫之景，又皆後人欲言之意，欲寫之景，此一派以海藏為魁壘。其一派生嶄奧衍，自急就章、鼓吹詞、鐃歌十八曲以下逮韓愈、孟郊、樊宗師、盧仝、李賀、梅堯臣、黃庭堅、謝翱、楊維楨、倪元璐、黃道周之倫，皆所取法，語必驚人，字忌習見，此派推義寧陳散原為鉅子」等語。子泉老宿，昔歲曾陪談塵，說詩解頤，稱引宗祊，尤多己見，以樊山驂靳陳鄭，不薄可知。

樊山晚途，始晤海藏，作〈冬雨劇談〉三篇貽之，別為瘦澹之筆，不矜側豔，即倣夜起庵體也。海藏屬和，亦極傾倒之情，其首二兩篇云：

久於南皮坐，習聞樊山名，
老矣始一見，趙璧真連城，
落筆必典贍，中年越崢嶸！
才人無不可，皎若日月明，
春華終不謝，一洗窮愁聲，
南皮夙自負，通顯足勝情，
達官兼名士，此祕誰敢輕，
晚節殊可哀，祈死如孤惸！
其詩始抑鬱，反似優平生，
吾疑卒不釋，敢請樊山評。

嘗序伯嚴詩，持論闢清切，

自嫌誤後生，流浪或失實。
君詩妙易解，經史氣四溢，
詩中見其人，風趣乃雋絕！
一語莫非深，天壤在毫末，
何須填難字，苦作酸生活，
會心可忘言，即此意已達。

右詩第二首，以議論出之，極見抑揚之致，雖宗法不同，亦並不以張己伐人為能，施之樊山，尤為曲當。聞樊山素日為詩極迅疾，案頭詩稿，用薄紙釘為巨帙，每屬草，以蠅頭細字就冊上書之，下筆數行，極少點竄，不數月寫畢，又另易一帙矣。海藏稱其「易解」及「何須填難字」等語，蓋乃信然。然樊山為詩，竟坐捷疾，不假錘鍊，而少精思獨運之功，又過矜才調，自詡八面受敵，有時或至流為率易。其與左紹卿論詩長歌中有句云：「兵家在以少克眾，權家在以輕起重，道家在以靜制動，詩家在以獨勝共。」又：「取之杜蘇根柢堅，取之白陸戶庭寬，取之溫李藻思繁，取之黃陳奧窔穿。言之有物餅中餡，裁之成幅機中練，視之無跡水中鹽，出之則飛匣中劍。」至所為〈前後彩雲曲〉，〈前曲〉中如「雲雨巫山枉見猜，楚襄無意近陽台，擁衾總怨金龜婿，連臂猶歌赤鳳來。」〈後曲〉中如「此時錦帳雙鴛鴦，皓軀驚起無襦袴，小家女記入抱時，夜度娘尋鑿坏處。」「暮雨朝雲秋復春，坐見珠槃和議成，一聞紅海班師詔，可有春樓惜別情。」句中「金龜婿」、「赤鳳來」、「紅海」、「青樓」，並皆力求工對。而由論詩長歌言，人物雜陳，機鋒四溢，繁徵博引，不憚詞費，雖復侈言駿快，究不能不以滑脫為嫌。再就〈前後彩雲曲〉言，「楚襄」四句，已為褻嫚，「此時錦帳」以下，則又過之，格調思致，寖益卑冗，字皆工對，徒炫俗目，乃竟出諸樊山筆下，則昌黎飣餖之喻，隨園老狐之譏，寧可為此老解乎？

大抵樊山之作，才力富，書卷多，不以裁抑收歛為功，而牽引其才思學力，至於縱肆放浪之地，極意馳騁，以迄無可復抑勒。持以與陳鄭諸人精思勁筆相較，蓋已大有逕庭，殆亦判然矣。然所謂中晚唐與同光體諸子所為，並成陳跡，於詩墨淩夷之今日，尤為時彥所不道，特商量舊學，獨往之士，或仍不免各有依違，因有感於樊山論詩之言，略陳當時流派，參以己意，俾開來繼往之際，有所考覽焉。至謂作者輕詆前賢，視同季緒，則非所敢承也。

記石遺說詩

江都陳合光先生，昔歲與共論詩，偶及梅宛陵，意頗薄之。其於清咸同派詩人，不亟推陳鄭，蓋宗尚不同故也。宛陵艱深，治詩之徒，非所樂道，清季，陳石遺始盛稱之，於是人人能道梅堯臣矣。初，嘉興沈乙盦博極群書，尤精遼金元史及地輿，其於詩初若不屑措意。石遺從容為言：「譚經說史，皆為人作計，無與己事，作詩尚是自家意思，自家言說，此外學問，皆詩料也。」乙盦意動，因謂平生於詩，夙喜張文昌、玉谿生、山谷內外集，而不輕詆七子。且自道詩學深，詩功淺。深者，謂閱詩多，淺者，謂作詩少也。石遺復言：「公愛艱辛薄平易，則山谷不如宛陵。」乃檢《宛陵集》殘本以贈。時鄭海藏亦頗言宛陵，讀石遺和韻之作，有「著花老樹初無幾，試聽從容長醜枝」語，曰：「此本梅詩。」遂贈石遺詩云：「臨川不易到，宛陵何可追？憑君嘲老醜，終覺愛花枝。」數子方為海內名彥，以此濡煦極歡，然稱說宛陵，實自石遺為之倡。

石遺名衍，侯官人，髫齡授書，動有神會，生九齡，讀唐人王孟韋柳之作，皆成誦，其兄名書，詩境高逸，取徑在香山、東坡之間，而尤好後山、放翁、誠齋，兼及皮陸，盡以所學教石遺，初令為詩，日課一首，成詩之漸蓋如此。嘗應南皮張文襄辟召為從事，其後以學部大臣之召赴京，補學部主事。尋充北京大學文科教授，入民國後，仍教授大學如故。配蕭氏，名道安，自署蕭閑堂，喜考據之學，亦能文章，曾戲撰石遺「命名說」云：

君名衍，喜談天，似鄭衍。好飲酒，似公孫衍。無宦情，惡銅臭，似王衍。對孺人，弄稚子，似馮衍。。惡殺似蕭衍。無妾媵，似崔衍。喜漢書，似杜衍。能作俚詞，似蜀王衍。喜篆刻，似吾邱衍。喜通鑑，似嚴衍。喜今古文尚書墨子，似孫星衍。特未知其與元祐黨人碑中之宦者陳衍，何所似耳？

語極歷落有致，及蕭卒，石遺痛之，為增益數語題後云：「中年喪偶，絕不復娶，又絕似孫星衍，而非先室人之所及知也。」云云，伉儷之間，見其情重。

新會梁啟超任公主編《庸言雜誌》時，為撰《石遺室詩話》，月成一卷，海內誦之皆遍。石遺既承其家學，覃精一藝，於古今詩家流派，詞林掌故，洞熟胸次，言之如屈伸指而數庭前樹，少者一二語，多者累數千言，旁推曲證，抉擇利病，始則微引其端，詞若不足，繼乃交發並赴，辯口瀾翻，詩之神理興會，一一躍出。嚮來諸家纂輯詩話，或則務矜廣博，致蹈繁蕪；或則固守藩籬，得少而足。蓋未有言近旨遠，博約相資如石遺者也。石遺著書滿家，嘗自言生平為文無慮數千首，而少時里居課經義治詞章於書院者不數焉。可謂多文為富，然精意所寄，仍在說詩，其所自為詩，容有不逮。

石遺於詩最推服陳鄭，與海藏尤有深契，論詩往復辯推發揮。曾為撰詩集序，縱筆抒寫，初若無意為文，而轉饒佳致，其於當世詩流，但為留連光景之作，以才語巧對，自矜名雋者，頗致針砭。如云：「沈子子培稍護七子者，余曰：『留客山中生桂樹，懷人江上落梅花』在七子中最為清秀，然亦著眼此桂樹梅花而不能捨耳。若『雪滿山中』、『月明林下』、『函關月落』、『華岳雲開』皆所謂干卿何事者。」又言：「放翁云：『老夫合是征西將，胸次先收一華山』，則真能負之而走矣。」至引東坡之「獨眠牀上夢魂穩，回首人間憂患長。」「簾前柳絮驚春晚，頭上花枝奈老何？」「酒闌病客惟思臥，蜜熟黃蜂亦懶飛。」以為「坡詩此例極多，何等神妙流動。」皆可云深思有得，動中肯綮。

海寧王國維靜安著《人間詞話》，論詞標舉境界，有隔與不隔之別。曾言白石寫景之作如「二十四橋仍在，波心蕩，冷月無聲。」「數峯清苦，商略黃昏雨。」「高樹晚蟬，說西風消息。」雖韻格高絕，然如霧裏看花，終隔一層。歐公之「闌干十二獨憑春，晴碧遠連雲，二月三月，千里萬里，行色苦愁人。」語語都在目前，便是不隔云云。蓋詩詞乃性情之事，皆是自家語言，所謂隔者，正「雪滿山中」、「函關月落」之類，所謂不隔者，正「老夫合是征西將」之類，與石遺論詩，語意相發。學者紬繹其義，於句之得失，思過半矣。

李審言論詩

宗君孝忱，昨寄贈所著《觀魚廬文稿》，篇首一序，乃興化李詳審言筆也。著墨不多，而頗言文章體要。如云：「文有單複奇耦之分，單奇易弱，複耦易縟。有本源之學者，為單為奇，則雅而勁，複耦相間而風骨樹焉。」又云：「海內為文者，好華惡實，能為複耦者多，為單奇者少，獨為人所不為，必豪傑能自樹立者……余猶用唐法，略取東澗南雷之旨，中竄紹衣，旁逮堇浦，而詁以雅訓，去其穠縟，思別為一體，振之於後……」等語。審言張子部雜家之學，為文嘗自言從甬東全庶常入手，衍為杭大宗，而實皆出錢受之、黃梨洲。前曾擷其大略記之，此序語中，仍本前旨，蓋所謂持之有故也。

審言論文不主桐城，論詩又薄西江，於西江詩派詆訶甚力。其言曰：「道咸以降，涪翁派蔓延天下，又以定庵恢奇鬼怪，殺亂聰明子弟，如聚一邱之貉，篝火妄鳴，至於亡國，聲音之道，不可不正也。余論詩好從實處入，又喜直起直落，而略致情款，不喜作偽語及仙佛一切雜碎，比於姦聲者。」所論可謂激切！清之中葉，山谷詩派特盛，末季又競效定庵，此自各有宗盟，非關遞嬗，於西江無尤。至定庵異態奇聲，積久使人厭棄，亦半由效顰不工有以致此，若以恢奇鬼怪目之，甚至比諸篝火狐鳴，漸至亡國，毋乃太過，非敦厚之本旨也。

陳石遺與之同時，審言以所作詩示之，且自詡謂：「有子部雜家之學，偶爾為詩，必有可傳」云云。石遺覽其篇什，但云：「非近日詩人妙手空空者可比。」審言意不足也，乃言石遺非知余者，因作長句記事云：

偶聞北海知劉備，惜未任華遇少陵，
儇薄自迷三里霧，煩歈誰辨一拌冰，
游吳物論惟輕宋，朝魯宗盟竟長滕，
心折長蘆吾已久，別材非學最難憑。

石遺見此，雖稱其使事雅切而執前評愈力，此詩前半雅切，誠如石遺所論，第五句「游吳物論唯輕宋」下，自注：「趙秋谷遊吳事阮吾山，謂所指者西陂耳。」西陂為宋犖牧仲，此為「遊吳」「輕宋」所自出，非自家作註，無人能知。與「朝魯」「長滕」，年代過遠，又典實配合，實屬不倫，要難泯勉強牽合之跡，觀此，則審言於詩，遠不逮其駢文典贍，從可知矣。

李審言與樊山

李審言事，昨曾屢記之，其詩略論如前篇，雖亦真摯切情，然為之非其至者也。審言於駢文尤自矜重，嘗言「曾為一儷體文，汗出不止，幾殆，服參附乃免。」因訂潤例，凡求作駢文，須先兩月通問，並奉潤金三百元，不依此格者，付之不答。馮煦敘孫德謙益葊《六朝麗指》有云：「夔生鷹揚於嶺表，芸子猿吟於蜀都，審言鶴峙於淮左，並抽秘騁妍，標新領異。」夔生芸子指況周頤、宋育仁也。

審言之為散文，既薄桐城，則取徑全紹衣、杭堇浦輩，風骨固見遒勁，而不免繁冗蕪雜。駢文則得力於范蔚宗《後漢書》敘論，得潛氣內轉之法，又雅不尚塗澤，唯務氣韻天成，此其所以高出時輩也。王國維靜安謂孫益葊云：「審言過於雕藻，知有句法而不知有章法，君得疏宕之氣，我謂審言定不如君。」益葊知名後於審言，為駢文與相雁行，靜安云云，殆面諛之詞也。

頃承友人鈔示審言〈書樊雲門方伯事〉，文頗有致，其前段記謁樊山情事，與日前所書者略同，後段云：

「余見樊後，樊有詩寄藝風，末句『可有康成膩袷無？』蓋用〈世說輕詆篇〉『著膩顏袷，逐康成車後』，戲藝風即以戲余，遂薄之不往，而索回文稿甚亟，樊棄之，不可得，藝風一再函問，不復。藝風復余書云：『前日方伯談次，尋大作未獲，雜入文書中矣。昨又函催，亦未復也。』余復作書求之，亦未答，因知樊忌前害勝，善效王恭帖箋故事，且復倣吾家昌谷中表投溷之舉，益太息，謂有夙憾。改革後，樊遁上海，余復館滬，徐積餘觀察謁樊出，問何往？云將候李審言，樊似有眷眷意。徐勸余往見，余不可。藝風又告：『雲門知君在此，曰李是行家，稱之者再，君可趨樊一談。』余又不可……」等語。

敘次娓娓如話，而宿憾略不少釋。審言索回文稿，有害勝投溷之言，疑樊山不至出此，或者爾日簿書填委，偶以闊略失之耳。

袁爽秋詩

與陳鄭同時，好為生蘄奧衍之詩，而才華工力均尚不逮者，則桐廬袁爽秋是也。爽秋為詩甚多，他所刻者不論，近見其《安般簃詩續鈔》九卷；即近千首，可謂富矣。卷首自撰小敘謂：「偶以頤性寫心……若一味耽溺，便大害事，虛費日力，有妨正業，此學人之通病，不可不知也」云云。爽秋於清庚子拳亂前，以部曹明晰吏事，尤究心財務外交諸端，歷監司至卿寺，駸駸嚮用，宜其於詩不甚措意，若慮夫挾冊而亡羊者，然既為之不休，又自加寫定，冀以表褫於世，方寸之內，若相背馳，其於詩之成就若何，不難概見。

詩不易為，蓋非天資學力交具，兼以數十年精思默運之功，絕難自立。散原中歲曠廢，冥心孤往，用以有成。海藏雖汩志宦途，而終身以詩人自期。清季統武建軍督辦廣西邊防時，軍書旁午，吟詠自若。嘗與人書云：「何意以詩人而為邊帥？」及後由遼瀋至京，投刺中朝達官，猶自署「詩人鄭某」（此見錢基博《現代中國文學史》），晚途流播，迄以匆渝。是知業貴專精，不獨詩之事為然也。

爽秋名昶，自署漚尹，浙江桐廬人，清光諸二年進士，官戶部主事，旋考充總理各國事務衙門章京。十一年春隨同吏部尚書錫珍等赴天津，議定法越和約。久之，以道員擢江寧布政使，條列時政數萬言，於各國形勢，析之甚詳，尤極言俄與我壤地相錯，其禍紆而大。二十五年六月遷太常寺卿。明年義和團事起，王公大臣皆袒之，爽秋與工部侍郎徐用儀，吏部侍郎許景澄，上疏謂拳匪不可信，使館不可攻，所陳甚力，用是觸怒權貴，指為奸邪，請殺之以謝天下，遂與用儀、景澄先後棄市，世號三忠。拳亂平，始為昭雪，予謚忠節。

《安般簃集》乃沈乙盦作序，而自書短敘，凡三見。第一敘首云：「湘鄉會公感寓詩云：『丈夫求志動渭莘，何用蟲魚自損神？賈馬杜韓無一用，何況我輩輕薄人？』曩先師興化劉中允嘗舉以見語，謂其言閎達，實可以救藥世士競炫春華，不務秋實之病，為之腦後下一巨針。端恪沈闇齋先生曰：『詞章之士，枝葉繁多，根本欠缺。』諒哉斯言！鏤冰畫脂，絺章繢句，壯夫不為，義理未昭晰於中，徒逞妍於字句，往往雨頭明，中間暗，乃前賢所訶斥為輕薄人者也。」

爽秋與海藏投分頗深，集中有慰蘇龕落第之作，並載和章，皆五言古詩，今《海藏樓詩》不載，蓋賡酬之作，無甚新意，遂從刊落也。海藏於清光諸壬辰作〈答袁爽秋〉五律一篇，有「默慚袁伯業，勤力久過吾」之句。後一年癸巳作〈懷人亭〉詩二絕句，序言「子明、子培、爽秋皆有詩見寄」，並引顧沈兩人贈句，而不及爽秋，豈以其詩無可誦者耶？至丙辰撰〈陳叔通求題袁爽秋、許竹篔遺札〉詩，篇末有「重黎極厚我，默契有深語，隔窗頷而行，回思乃終古」等語，自注：「戊戌九月在譯署與爽秋別，遂不相見。」時爽秋官太常寺卿，故以「重黎」稱之。「隔窗」云者，蓋別時情事也。按丙辰為民國五年，距爽秋死時，近廿年矣。

綜觀安般簃詩，各體皆具，尤以七言律句為多。用筆不喜平衍，時作拗體，而較少兀傲之氣，隸事稍多，用以傷韻。真情所寄，轉覺寥寥。篇中恆以險語標奇，如〈戲作〉一首云：

臺駘為病祟方皇，管子曾無辟鬼方，
切莫輕投葛陂杖，眾魔遮道殺長房。

略近詭僻，爽秋於舉國冥昏之際，以獨醒見嫉，眾魔遮道，遂殺長房，鬱此心聲，動成語讖！

其七律之峻整可誦者，〈賒酒〉云：

久拋鄉店梨花釀，但覓長安麴米春，
試敕廚人斮龍鮓，何妨老子漉烏巾？
能容白墮於吾厚，未典黃衫不算貧，
更作牓書供一醉，接離倒著過條鄰。

〈租花〉云：

兀兀牆東充隱身，蕭蕭分得一叢春，
春猶駘宕頻籠火，老更疏狂滿插巾。
小廡聊容高士傲，園官不厭長公貧，
青幡乞取東皇勝，便喚流鶯與結鄰。

又〈路遇海光寺僧戲作〉云：

八風吹汝閻浮去，半偈曹溪日用新，
荷葉濺波終不濕，桃花作飯轉成塵。
戴雙蓬累青山曲，汲一軍持野水濱，
聞策瘦藤看落日，何須更覓避秦入？

作者好用佛語入詩，〈過野寺〉云：

平生頗領物外趣，迴向精藍心地空。
試問疲牛溺泥裏？豈殊鈍鳥宿蘆中。
早知眾累生靈府，晚悟浮緣障主翁。
洞下試拈穿鼻孔，門風真妄兩俱融。

則通首全似禪偈矣。

記嶺南詩家

樂昌張魯恂丈，早歲能文章，取科第，屢宰劇邑，以能名。治事之餘，偶亦為詩，順德黃節晦聞，雅相知賞，語之曰：「吾子治行有聞，不宜以此奪其日力，類夫挾冊亡羊者。」丈自此遂止勿作，及來台灣，寖復寄興篇章，積久成帙，當八秩攬揆之辰，家人錄副請梓行，丈不許，乃輯梁節庵、曾剛父、黃晦聞、羅癭公詩並刊之，題曰《嶺南四家詩》。且謂：「吾粵舊有前後三家之稱，今四君皆卓然名家，足以抗手前哲，且復過之，為校錄合刊以傳，勝吾自刻集多矣。」

嶺南三家首推順德陳恭尹元孝，而番禺屈大均翁山，南海梁佩蘭藥亭次之。三家中以元孝所著《獨漉堂詩》最為清迴拔俗，得唐賢三昧。王漁洋、趙秋谷、杭菫甫先後至嶺南，於詩尤推重元孝。洪稚存〈論嶺南三家〉有句云：「尚得古賢雄直氣，嶺南猶似勝江南。」品藻之間，謂欲壓倒中原名彥，其推挹至矣。翁山著有《翁山詩集》，藥亭著有《六瑩堂集》。

自清初三家後，風雅寥寥，至清乾隆、嘉慶間，始復有黎簡二樵，張錦芳藥房，宋湘芷灣，馮敏昌魚山，溫汝适篔坡，趙希璜渭川，黃丹書虛舟，張維屏南山輩出，並世壇壝，推為極盛。南山籍番禺，與楊春譚康侯，香山黃子實皆治詩甚工，號粵東三子，而南山尤傑出，當其時，芷灣以高才有令聞，與定交，稱莫逆，嘗索觀南山已刻詩良久，笑曰：「一唱三嘆，入人心脾，我不如子。

哀樂無端，飛行絕跡，子不如我。」一語頗自負，然於南山不薄可知。

南山舉清道光二年進士，官黃梅知縣，改同知權南康府知府，頗用儒術飭吏治，極著政聲，晚自號珠海老漁，有《聽松廬文鈔詩話》，及《松心日錄》、《松軒隨筆》等書行世，所輯《國朝詩人徵略》，搜採甚富，藝苑稱之。其與康侯子實所著詩出，世稱後三家，以別於允孝諸人云。

嶺南諸家詩，自元孝、翁山、二樵、芷灣、南山外，餘人詩不嘗見，未能論定。至梁黃諸家詩，則皆讀之終卷，節庵風姿明秀，晦聞思力幽微，均取徑宋人。剛父特饒韻味，在溫李之間！而亦微取宋法，凡所成就，與前後三家相較，雖宗主各異，論其規模宏闊，疑或突過前修，然此自懸揣之辭，猶待他時商榷也。

趙香宋詩

先師趙潸園先生，清季與趙香宋老人以翰林同官諫垣，改革後，各遂初衣，衡嶽峨眉，遙遙相距，然晚歲仍以詩篇酬唱，記先生曾有寄香宋律句云：

蝦蟆碚上停舟別，豈謂迄無相見期，
袖手河山同濺淚，撐腸詩卷不療饑。
誰云痿者能忘起，坐覺盲人衹浪騎！
天外峨眉最深處，不妨釀酒弔姜維。

此為和韻之作，末句尤見深旨。先生曾書小幅以賜，故至今猶能成誦也。香宋名熙字堯生，四川榮縣人，清光緒時官江西道監察御史，奏劾郵傳部尚書盛宣懷借債賣路，頗著直聲。其為詩功力深邃，蒼秀密栗，見者必以所作出諸苦吟，乃能悉臻穩愜，而實則脫口成吟，不假雕飾。嘗與友人楊鈞谷、陳弢庵、陳石遺等聯句，當諸人併力相角時，香宋意思蕭閒，初若無意，而吐句輒多且工，始相顯驚服。

筠谷改官將入蜀，香宋作〈竹枝詞〉三十首送行，專寫途中山水，自鄂渚以至成都，石遺誦而愛之，乞書橫幅見畀。香宋援筆立增四絕句云：

石遺老子天下絕，談詩愛山無宦情。
大好金華讀書處，聞風心到錦官城。

送客魂銷下里詞，故人楊子最能詩。
遲君一縱巴陵櫂，細雨吟秋唱竹枝。

千山萬水三生約，好句親題送子雲。
西向定將人日報，草堂花發最思君。

水驛山程約略齊，並應漁具手中攜。
閒吟為伴陳無已，一夜鄉心到蜀西。

及次日，石遺過其寓次，視送行詩，又已增為六十首矣。《石遺詩話》曾具言之，香宋為詩捷給類如此。自來言詩有旬鍛月鍊之說，不以敏給為能，思不能深，易成淺率，然觀香宋出句，風神秀絕，雖急就，而凝重不流，其才力蓋天賦也。

香宋自言：「三十前學詩，三十後專治小學古文，年近五十又學詩。文章高下之境，一一懸量胸中，求於自立，乃知世之馳逐虛聲者，正墮苦海也。」又謂：「每觀近人刻集，多空陋，心嗤其騖名而無本，遂自戒不輕付刻」云云，藉知其人乃篤學之士，非以詞華自炫者也。

曼殊餘話

蘇玄瑛曼殊，格調似魏晉時人，而歷數魏晉間人物，又無可比擬，大略其人蓋深於情者。惟其情真，故平生行逕率多稱意出之，形於詩歌繪事者亦然。此才不恆有，人之豐於情與真且摯如曼殊者，尤曠世不一遇，斯曼殊之所以傳也。

曼殊身世行誼，具見其所著全集中，詩文書畫，寸縑零楮，友朋間為之蒐採殆遍，不待繁稱。錢子泉著《中國現代文學史》，列其名於王湘綺、章太炎後，以其譯詩辭必典則，與湘綺、太炎為同調也。並稱民國七年戊午，曼殊再至上海，臥病金神父路廣慈醫院數月，竟不起，年三十有五。按黃晦聞《蒹葭樓詩》有〈錄舊作寄樹人復題〉一絕，末二句云：「世事侵尋吾意盡，笑聞和尚了塵根。」自註：「時曼殊方逝於滬上。」詩正戊午作。又後有〈題曼殊畫老僧背夕陽掃落葉圖〉詩：「亡友殘縑三十年，西泠宿草日芊芊，掃除未了殘陽葉，依舊江樓負手前。」往時名彥，追思曼殊者多，不獨晦聞一人而已。

子泉論曼殊譯詩，兼言其人，略稱曼殊工愁善病，顧健飲啖，日食摩爾登糖三袋。謂是茶花女酷嗜之物。又嘗飲冰五六斤，比晚不能動，人以為死，視之猶有氣，明日仍飲冰如故。尤嗜雪茄煙，偶囊中金盡，無所得資，則碎所飾金齒，持以易煙。美利堅有肥女重四百斤，脛大如汲水甕，曼殊視之，問曰：「汝求耦耶？安得肥大與汝等者。」女曰：「吾故欲得瘦人。」曼殊曰：「吾體瘦，為君耦何如？」傳者以為笑！

張目寒撰《雪窗隨筆》，轉述鶴坪老人言，曾與曼殊由日本歸國，在海船中，曼殊豔稱其女友，同舟友人斥以為妄，曼殊又莊容瑣瑣道之，眾故堅不置信，曼殊窘急，立入室，取女子飾鬟物數事，相出以示，俟傳觀畢，盡投海中，掩面痛哭不已！眾為愕然，其真率大抵類此。子泉所紀者，大都耳熟能詳，至目寒轉載之辭，則似未為人道過。

曼殊譯拜倫、雪萊諸詩，純以五言為之，音調高古，尤喜用奇字，蓋皆太炎潤色之，有時至奧衍不可讀，寖失原意不顧也。然所自為絕句，風神娟美，感人至深，以從真性情流出，雖謂其過於龔定庵可也。

曼殊譯詩

目寒述人言，初見曼殊時，年甚少，大眼厚唇，面油黑。今觀集中所存小像，則尚非過於寢陋者。近世採輯其生平故實，攝入銀幕，雖優孟衣冠，追摹彷彿，但恐神鋒蕭散處，非尋常倉父所能想像，徒貽刻鵠之誚也。

曼殊詩筆清婉，作者昨曾略加論次，以為過於龔定庵，蓋以曼殊與定庵尤工七絕，又同出於放翁、梅村，及其成詩，風貌與前人略不相似，自另成一種格法。惟定庵思深而微近詭異，曼殊思淺，純以意行，轉饒嫵媚耳。

其「芒鞋破鉢無人識，行過櫻花第幾橋。」「莫愁此夕情何限？指點荒煙鎖石城。」諸詩，久已膾炙人口，又題拜倫雪萊二絕之：

秋風海上已黃昏，獨向遺編弔拜倫，
詞客飄零君與我，可能海上為招魂。

誰贈師梨一曲歌，可憐心事正蹉跎，

琅玕欲報從何報？夢裏依稀認眼波。（雪萊，曼殊原譯作師梨。）

皆雋永有致，前作尤勝，至其譯作，則面目悉非，縱須牽率就人，而詞調風神，一無勝處，殊可異也。

歐詩譯至中土，始自曼殊。曼殊遊心方外而素懷忠愛，有邦國之憂，又早折情苗，鬱為慘疚，用是發疾嘔血，感懷身世，託意英國詩人拜倫，藉以自況。嘗隨其母河合氏養疴逗子櫻山，一日，夜月照積雪，泛舟中禪寺湖，歌拜倫哀希臘之篇，歌已哭，哭已復歌，抗音與流水相競，舟子疑其狂人！蓋瑯琊王伯輿之倫也，其譯拜倫詩最多，如〈答美人贈束髮帶〉詩六章首尾三首云：

何以結綢繆？文紕持作縕，
曾用繫短髮，貴與仙蛻倫。
爹髮乃如銑，波文映珍鬄，
頫首一何佼，舉世無與易。
錦帶約鬟髮，郎若炎精敫，
赤道暮無霎，光景何鮮暐。

皆故填奇字，以矜古奥，至讀之舌撟不下，詩固不以此為工，即遠溯漢魏六朝諸家，亦何嘗有此耶？錢基博評之云：「拜倫豪放，雪萊悽豔，而曼殊字擬句倣，譯以五古，晦而不婉，啞而不亮，衡其氣體，似傷原格，其譯拜倫『星耶峯耶俱無生』一章，則幾不成語，不特於譯學三事皆未周匝也」云云，善乎其言，非刻論也。

龔定庵與趙飛燕印

仁和龔自珍定庵以詩名世，而學術亦極精湛，小學得自外家金沙段氏，年二十八，從武進劉逢祿申受傳《公羊春秋》，又精史事及金石地輿及掌故之學，可謂博矣。阮芸台晚歲居杭州，佯為耳聾避俗，定庵至，則語達日夕，時人為之語曰：「阮公耳聾，遇龔則聰。」其為前輩所重如此。

定庵高才積學，傲視儕輩，至論學之嚴，則雖尊親亦無所諱避。邵陽魏默深嘗記其逸事，略言定庵一日在劇院當台坐，友人偶言龔氏家學，歷數皆不答，次及定庵尊人闇齊諱守正者，定庵微肯曰：「稍有通氣。」又次及其叔父禮部尚書守正，定庵曰：「一竅不通。」時方以足置几上，言已，遂大笑仆地，眾為鬨堂！又記定庵誚其叔父龔文恭云：「吾叔學問皆從讀五色書來。」謂紅面者縉紳，黑面者稾帖，黃面者京報，白面者照會，藍面者賬簿，語皆輕薄不遜，恐定庵不出此，特傳者妄耳。

漢趙飛燕印，為定庵官祠部時，以五百金及宋拓本婁壽碑向嘉興文後山易得，印高七分，徑一寸弱，玉質晶瑩，罕有倫匹。印文為繆篆四，曰：「緁伃妾趙。」字皆從糸，與女旁之婕妤字通。趙字內含雀頭三，暗寓飛燕名。篆似秦璽，定庵所謂「暗寓拚飛勢」，及「或者史游鐫」是也。

定庵以微宦落拓都門，得此自誇奇福，喜極賦詩，為寰中倡，詩為五律四首，雄奇瑰麗，平生精作也。同時名輩屬和者甚多，兼各以己意考定，朱椒堂謂趙氏姊妹皆嘗為婕妤，此印難定為誰？程春海謂西漢趙氏婕妤凡三，一鉤弋夫人，一宜主，一合德，不能決為飛燕物。張石洲則以玉印篆文四字，獨趙字內合雀頭，乃飛燕狡獪，隱寓其名，當以印屬飛燕為當。

然定庵得此後，不及二年，仍轉貨與人，得錢以償博負。趙惠甫《能靜居筆記》稱曾見此印於番禺潘德輿家。其後又有人再見之於嶺南陳氏齋中，云棲印檀匣，四面刻字幾滿。清光緒戊子，江建霞督學至粵，尚見此匣，而印亡矣。

群飈扇海，全陸平沉，此徑寸之珍，知否尚存天壤？定庵詩云：「東南誰望氣？照耀玉山稜。」有可縱跡得之歟？則仍好事者之責也。

記何文安

前世最重諡號，謂為「易名之典」，據諡法，勤學好問曰「文」，止於義理曰「安」，清代尤重視此字，不輕予人，大抵名臣而兼有儒學者，始由禮部擬進，清初膺此美諡，其後皆追奪，二百年間，僅何文安仙槎得之，綜其學行政事言，非溢美也。

文安名凌漢，字雲門，一字仙槎，湖南道州人。少孤貧露立，讀書有奇慧，夜不能具燈燭，恆燃松枝自照，遂通經史。年十六，州府試皆第一，補諸生。祖傳道州有何孝子者，以力田傭於同里某富室家，富室有女，貌寢，過笄不聘，卒歸孝子為婦，得其家一佳城殯母，遂生文安，屢世貴顯；然據李元度《國朝先正事略》〈何文安公傳〉稱：「文安父廩生文繪以學行伏一時」云云，則前所傳未確，或者所謂「何孝子」者，殆文安之祖歟。

鄉邦所傳文安軼事頗多，當其幼時，赴遠道省父，昏夜疾趨，值大雷雨，困頓欲踣，忽紅燈前導，至一茅店，有賣腐翁延入，飲以豆漿，少頃雨歇，遣童子送至官道，後訪之，竟失所在。為秀才時，州牧汪某為加賦事，以抗糧拘諸生數十人，解赴永州時，文安亦在逮中。及至，太守王宸見其名，特省釋之。久之，獄解，諸生多瘐斃者，而文安獲全。又嘗禱苦井得甘，遇疾雷破柱，獨安坐無懼，諸事並見傳中。元度與文安公子子貞編修兄弟相友善，均摭拾入文，雖未可盡信，要亦流俗相傳之辭，非無因也。

文安少日艱苦之狀，可於曾文正國藩所撰〈何母廖夫人八十生日詩序〉中見之。其稱述文安配廖夫人云：「夫人之歸何氏，家微也。文安公陋巷孤貧，貿力以食，晝而授徒，宵而自繩於學，春而出，長至而不歸，家中有無，一委夫人。夫人綴畸緝斷，公私井井，厚其親以及其所愛，無或不豐……嘗孿生二子，越三日而襁兒出汲，即子貞編修與其仲弟也。又嘗負兒，入山採薪，竹萌拂左目，迄亦廢視。艱苦之境，殆非人履……」元度亦稱：「夫人廖氏，嘗襁兒於背，躬刈薪，致傷右目。」可合觀，皆可信。

陳弢庵軼事

清季朝官中，以讀書負氣節者謂之「清流」。樊山嘗記李越縵語，略云：「今青牛當運，春牛全身皆青，「青牛」者「清流」之代語也。以朝士品目之，高陽李蘭蓀相國當為牛首。南皮張香濤、豐潤張幼樵，藉直諫名，比諸牛之二角，用以觸人。宗室盛昱，讀書甚勤，可稱牛腹。以南人而附於北派清流，左右朝政者，只閩縣陳伯潛（弢庵）一人。可獨錫嘉名曰牛尾。」語出戲謔，不足為據。後有人問樊山，牛鞭當為何人？樊山笑曰：「有亦難名，否則江山船案，何故自行檢舉也。」揣其意係指寶竹坡甚明，竹坡以納江山船妓自劾罷免官，此則謔而近虐矣。

民國四年乙卯九月，洪憲大典籌備處文武將吏，群赴國務卿徐世昌寓，祝其生辰，一時名伶畢集，孫菊仙於劇中冕旒飾王者，科諢時，語含譏諷，隱指世昌，弢庵適為座客，聞之掩淚不止，歸賦三絕句，題為〈漱芳齋觀劇〉云：

鈞天夢不到溪山，宴罷瑤池海亦乾，
誰憶梨園烟散後，白頭及見跳靈官。

一曲何堪觸舊悲，卅年看舉壽人卮，
相公亦是三朝老，寧記椒風授冊時。

凝碧池邊淚幾吞，一須社飯味遺言，
史家休薄伶官傳，猶感纏頸解報恩。

右詩第一首，從梨園烟散，以致慨清社之淪亡。所謂「跳靈官」者，蓋清時民間演戲，先跳加官，宮內則不需此，尋常每於劇前用靈官代之，多者用至十人，皆名角扮飾，三眼紅鬚，絳袍執杵，形象袍服，皆倣龍虎山靈官狀。清室遜位後，此制遂絕。世昌壽日，執事者特令菊部先跳靈官，故弢庵觀之，極為傷感。第二首末二句明刺世昌，第三首則藉孫菊仙託諷，寓意尤深。弢庵後曾語陳散原，謂此詩罵倒水竹村人云。

弢庵與世昌同為清室舊臣，於其相袁，意尤惡之。一日與天津高步瀛語及，世昌與梅蘭芳並得贈博士位，高謂不倫，弢庵則云：「此所謂春蘭秋菊皆一時之秀也。」世昌字菊人，用以戲之。

陳弢庵再記

弢庵〈哭寶廷竹坡〉詩云：

大夢先醒棄我歸，乍聞除夕淚頻揮。
隆寒並少青蠅弔，渴葬懸知大鳥飛。
千里訣言遺稿在，一秋失悔報書稀。
梨渦未算平生誤，早羡陽狂是鏡機。

甚真摯可誦，末二句仍言納江山船妓落職事也。

弢庵以清同治戊辰成進士，入翰林，年才弱冠，迴翔翰詹，迭司文柄。光緒初年與張之洞、張佩綸、寶廷等，以敢言著，鋒稜所向，九列辟易，時號清流黨。諸人此時踐履通順，先後至卿貳建節鉞，及寶廷先罷，佩綸以馬江之敗遣戍，弢庵亦因滇撫唐炯、桂撫徐延旭案獲罪，清流黨遂瓦解。

佩綸於馬江失事後，適弢庵丁母憂，佩綸製聯輓之云：

狄梁公奉使念吾親，白雲孤飛，將母有懷嗟陟屺：
周公瑾同年小一月，東風未便，弔喪無面愧登堂。

聯語極見才思，上幅謂弢庵，下聯則純係藉題自致慨嘆，現成詞語，俯拾即是，而頗盡錘鍊之工，所以為佳。佩綸與弢庵齊年僅後一月，故用周瑜傳語，按《三國志》〈周瑜傳〉，裴注引〈江表傳〉載孫權母謂權曰：「公瑾與伯符同年，小一月耳，我視之如子也，汝其兄事之。」此與借面弔喪意，均用得恰好。

至佩綸卒，弢庵亦有〈入江哭簣齋〉七律一首云：

雨聲蓋海夏連江，迸作辛酸淚滿腔！
一酹至言從此絕，九幽孤憤孰能降？
少須地下龍終合，子立人間鳥不雙。
徒倚虛樓最腸斷，年時期與倒春釭。

則視悼寶廷句，尤為淒斷，蓋處境各異，感發不同故耳。

弢庵得鐫級處分，又丁母憂，遂歸里不出，螺江戢影，詩力益增。其優遊林下者歷二十餘年，及再以薦起，奉召入都，復登榮路，已瀕鼎革矣。

陳弢庵續記

弢庵軼事，昨曾疊記之。其為清室師傅，蓋在鼎革以後，尤遇事力持大體，嘗言此時惟以保持優待條款，護衛故君為主。當袁氏將竊號時，弢庵以敵體與之週旋，凡遇新朝有所需索，其無傷體制者，概行給付。如索鑾儀衛仗，遏必隆刀及書畫名磁等皆予之。至江朝宗強索御璽，為洪憲「國寶」格式，則云：「頭可斷，此物不可私授。」此事諸家記載頗詳。前世遺臣，忠於一姓，大率類此，而就弢庵當時地遇言，極見風節。

當弢庵於清光緒六年庚辰官左庶子時，張文襄香濤官右庶子，並以日講起居注官，同在春坊。適有午門護軍與太監爭毆，孝欽后（慈禧）先入近侍之詞，以為護軍有意欺侮，於震怒之餘，降諭自護軍統領岳林以下，均加遣戍圈禁，處斷過重，物論皇然！弢庵與香濤同時上疏爭之，得從輕議，盛為朝士推許。

按是歲八月，孝欽命侍閹李三順率小閹二人，賫食物八盒，賜其妹醕王福晉，至午門，以未報敬事房知照門衛放行，護軍駕例詰阻，遂致爭鬨，三順遂毀棄食盒，回宮遽以毆搶告。孝欽方在病中，怒甚，必殺護軍，立褫護軍統領岳林職，並將護軍玉林祥福等交刑部從重擬罪。

時潘祖蔭方為刑部尚書，以剛正名。奉面諭諸犯立置重典。祖蔭還署與部屬研訊得實，事出閹人誣搆，護軍等無罪，曹司主讞者，皆精習律例，謂：「交部即應依法，倘太后必欲殺之，則自殺之耳，本部不敢與聞。」祖蔭據以覆奏，孝欽愈怒，力疾召見祖蔭面斥甚厲，乃依孝欽意定讞。

此事據金梁《清后外傳》慈禧太后一則云：「光緒初，有太后賜件，未經照門，護軍阻之，太監不服，互毆，奔奏，太后大怒！謂護軍統領岳林應處斬。恭親王曰：『岳林失察，罪至交議，護軍應斥革耳』……太后怒曰：『汝事事抗我，汝為何人？』王曰：『臣是宣宗第六字。』太后曰：『我革了你！』王曰：『革了臣的王爵，革不了臣的皇子。』太后無以應，始如議。」應對之間，具見恭王崛彊，然事態嚴重可見。

歌鳳生

近時寫墨竹，以陳方芷町、馬壽華木軒為最著，芷町秀挺，木軒腴潤，皆有逸致，不背古法。吾湘畫竹知名者，有粟掞谷青。谷青長沙人，清季進士，官曹郎。民初寓居省垣，日寫竹賣於市，得資築歌鳳樓，自署歌鳳生。其寫墨竹，純以楷法為之，墨氣淋漓滿紙，每作一幅成，輒自題一詩於上，人有請乞，隨與談論，信手落筆，詩靈皆就。或逕摭拾所談入詩，略一仰首即成，皆工絕，人人各如其意以去。

衡山譚東烟與谷青有忘年之契，周旋其室最久，親侍硯席，見其左右揮斥，毫端自挾風雨，絕嘆以為不可企及。東烟之婦翁蕭寒水年五十七，其夫人長寒水四齡，值壽辰，東烟取縑素乞谷青畫篔簹為贈，既述意，谷青縱筆揮寫，並題詩云：

寒水夫人六十一，寒水先生五十七，
道遠未能走侑觴，拈毫畫此琅玕碧。
一竿一竿復一竿，籠烟罩雨自團欒，
不須細說文蘇派，傳與千秋共歲寒。

又嘗與東烟論畫竹，興至為作一幅，仍撮其語意題詩云：

石不可轉竹有節，此是畫師真畫訣，
篆隸正草兼點撇，夜夜空山照冰雪。

右作皆東烟口述，且言其出手捷疾，初若無意為之，而吐語新警，有如宿搆，皆此類也。爾時老宿之存者，文學藝事，各擅精能，如黃兆枚雨逵之詩古文辭，蕭榮爵湫雲之書，合谷青之畫，同為賢流推重，亦信足增價藝林，無慚精作。

東煙並稱谷青談諧雋妙，時復寄情聲樂，文采照映，略無矜持之習，後生晚進，亦樂近之。東煙供職湘省法曹，盛蒙賞譽，曾栩所著《歌鳳樓詩集》屬其寫定。某歲假歸衡山，比再至上謁，則谷青已衰病侵尋，告東煙云：「吾昨夢中屬句，殆將不起，已乞雨逵銘墓，倩吾子書之以傳。」其詩為：「日近西沉挽不回，勸君休更作徘徊，他年歌鳳樓中集，付與何人寫定來？」未幾遂卒。

吾師趙瀞園先生，清季官四川提學使司，在蜀中作一絕贈人云：

從古山川重發揮，詩人不到蜀中稀，
怪來詩卷清如許，奪得峨眉秀色歸。

余甚喜誦之，其後粟谷青部郎寫竹寄吾師，亦題絕句云：

使君驄馬走巫山，天際巫山馬上看，
我愛巫山不能到，聊圖十二碧琅玕。

末句綰合，別見匠心，殊饒情致。谷青與吾師同官舊識，晚歲不時相見，以緘札通殷勤。嘗云：「瀞園太史，晤面時，每默然相對，或終日不發一言，如沃冰雪，至通函則情致溫美，娓娓不休。」東煙為余述之，蓋知吾師深矣。

武岡鄧輔綸彌之，以善作五言詩，盛為王湘綺推服，有《白香亭詩集》傳世，湖湘名彥也。其子幼彌，即湘綺婿，亦能讀父書。清末以知縣需次粵東，張文襄督粵，命為廣雅書院校對，當時以此席處文學之士，非幼彌所能自致，猶名父之餘蔭耳。民元後，由粵還湘，落拓省垣，忽走市衢向人行乞，遇相識，輒牽衣長跪，求予一錢。與之，即頓首去，多與，亦不受。東烟在長沙，猶曾屢與相遇，或云幼彌素有心疾，或云佯狂自污，固莫知其然也。谷青贈之以詩云：

他人乞錢金盈堆，先生乞錢只一枚，
一枚也不憑空取，都自磕頭辛苦來。
他人乞錢積家私，先生卻不養妻兒，
了還酒債和茶債，餘下隨緣作佈施。

武岡有田老不歸，一官七品宦情違，
問君乞食心何樂，貧賤才知富貴非。

並按幼彌名國瓛，配湘綺長女無非字娥芳。今檢《湘綺樓文集》，〈鄧氏大女王娥芳墓志銘〉，敘娥芳歸鄧氏後有云：「君姑勤敕，姊性矜疏，及男裕之殤，家庭歸咎，束縕難請，斥令別居，舅有憐焉，俾還故里，慼懣自傷，因之歐血，而標格不損，美問仍流……光緒八年五月辛丑終於長沙，春秋廿又九。」其後段云：「烏乎有才無遇，生也若淨，既從心於大冥，悲聚骨於正邱。」云云，於其所遇，深致悼嘆！以時考之，距幼彌淪落之年，娥芳歿已久矣。右文託名「妹滋撰」，實則仍湘綺老人手筆也，特附記於此。

記邵次公

岳武穆與張魏公、劉安成登烏石寺留題，劉不能文，命侍兒意真代書，姜白石作詩譏之云：

諸老凋零極可哀，尚留名字壓崔巍，
劉郎可是疏文墨，幾點胭脂污綠苔。

詞甚婉美有致。近世邵次公作〈西山雜詩〉，中一首為：

八年不到靈光寺，淺水疏林又此時，
親手題名磐石上，不曾一箇涴胭脂。

蓋本白石詩意，次公之才情風骨於此略見。

次公名瑞彭，浙江淳安人，清季入浙江省優級師範學堂肄業，精研齊詩、淮南子及古曆算學。民初被選為眾議院議員。時曹錕氏覬覦尊位，陰使其徒黨授意諸議士，致賂五千金。次公方困窮，而明辨義利，立加嚴拒。並以所賄金券攝影刊諸報端，顯斥其事，遂乃騰播於世。曹氏大恨，然無如何也。其後次公絕意宦途，以教學自靖，歷任北京師範大學、河南大學教授。晚歲流寓開封，窮愁著書，於民國二十七年一月卒。旋值抗戰軍興，兵燹中遺稿散佚幾盡，僅有《泰誓決疑》及所為詞曰《揚荷集》四卷，《山禽餘響》一卷，在生前刊版行世。

友人巴壺天兄口誦次公〈玉樓春〉詞，其下闋云：「鴛衾四角絲千縷，飄盡柳綿難作絮，君如綿瑟妾如絃，自古一絃安一柱。」亦佚稿也。壺天並言此詞為次公拒受賄金時所作。次公佔國民黨黨籍，所謂「一絃一柱」，示「從一」之義，不肯屈節自貶，辭意甚屬顯明。曩日夏吷庵稱其詞「宗尚清真，筆力雄健，藻彩華贍，博綜經籍之光，油然於詞見之，蓋託體高，乃無所不可。」葉遐庵則謂「次公詞清渾高華，工於鎔翦，殘膏賸馥，正可沾溉千人。」其為時流所重如此。民國四十六年九月，楊家駱、劉雅農兩君，刊《近三年名家詞選》，從《詞學季刊》暨《揚荷集》中選錄次公長短句十三首以傳，藉知夏葉評題，皆非溢美。

次公並工書，其作字以瘦金書參褚登善筆致為之，娟美勁挺，別饒姿媚。又善詩及尺牘，得者珍視。自來文學之士，以一藝擅長，已垂不朽，而次公兼賅並至，悉造精能，獨惜志事勿伸，卒從槁死，深堪悼嘆！然以困乏之身，蔑視鉅金，擲如歷塊，則貧賤守節之士，其可輕量哉？

記晚清科舉之弊

清代重視科名，闈中關防嚴密，杜絕苞苴。京朝派遣主司學使，遠蒞省縣，全以文章取士，寒畯與貴游子弟，視同一例，衡鑑之際，悉秉至公。主考尤嚴，到即鎖闈，與外界斷絕往還。試畢，立回京復命，如有略涉關通，動膺大戮。道咸之際，科場疊有鉅案，湖南傅進賢截卷中式，事發被腰斬，株連甚眾。至咸豐八年戊午，而有柏葰之獄。柏葰以大學士為是科主考。有一舉子亦襲截卷故智，賄柏葰親隨為之，業已列名蕊榜。此舉子先世曾為伶官，他日有優人名平齡者，於劇中科諢，插入數語，大略言：「公等從此勿輕視我輩優伶，如新科舉人某，即我菊部世家，今列搢紳矣」云云。前世賤視伶人，此語既傳，一時聳動，諫垣摭拾風聞入奏，奉旨徹查，此案遂發，柏葰以失察被嚴譴，旋賜自盡，其餘誅死有差，中外惕息！科場防衛日密，無敢干犯大法矣。

樂昌張魯恂丈為余言，清之季世，科舉流漸滋，殆積久玩生，雖未敢公然作弊文場，潛通關節，而為之自有其道，且了無隱避，不恤人言。粵中富兒，往往不越戶庭，即已名題金榜，北闈尤甚，歲有所聞。蓋北闈赴試人數既多，點名徒虛應故事，年貌不加覈對，但先期納貲入監，屆時買囑槍替，領卷入場，從容高坐為文，終場而出，憑文入彀，不虞敗露。黠者僅致旅贐，售者另餽鉅金，旅贐之數不過三百金，倘桂籍已登，餽金恆在四五千左右，尤豐者或以萬計。重利所在，貧儒爭趨之，即名下士，亦有甘為捉刀人，走數千里供驅使者。

江孔殷震公，先世以茶商致富，性聰穎，能詩善書，而為時文不中程，其試北闈及會試皆以重貲倩人獲售，後竟入翰林。傳霞公聞會試捷報至，大宴親友，自製聯榜門云：

作手響炮，闊老請槍，瞞了人便非好漢。
坐小輪船，駛尖風悝，過得海即是神仙。

粵人謂帆為悝，響炮蓋得售之意，此見霞公玩世不恭，亦藉知當時科舉積弊之甚。霞公於辛亥後，曾為英美烟草公司買辦，晚遘風疾，貧困以終。

論律句

楊重子先生工為律句，平生於此致力甚深，所論尤極暢達。余以年家子，雖非北面受業而飫聞緒論，歷久未忘，前於所撰之〈白心先生〉一篇中已志其略，至精闢處，未能盡也。先生嘗鐫「律聖」小印，為人作書輒鈐之，自負可見。

年來與友人論律頗有契合，所作互相質證，剖析至嚴。即於前輩名家之作，亦未肯隨俗從違，輕棄己見，蓋文章者天下之公器，愜心貴當，何可拾人牙慧、謬託賞音？且詩之名律，已入密微，一有未安，動成疵累，求之前代，浣花已到聖處，猶復自言晚途始細，其難其慎如此，他人豈易言乎？

五七言律句之構成，除首尾經營位置不易外，即中腹兩聯，殊大費安排，重子先生嘗言：「習字須從平板著手，作詩造句亦然。」「平板」二字，看似尋常，為之亦須痛下一番工夫，始能到此一境，此即安穩妥貼之註腳，不能以老生常談而忽視之，如杜陵之「老妻畫紙，稚子敲針」「叢菊兩開，孤舟一繫」「紅豆啄餘，碧梧棲老」等句，語似板滯，而極見此老匠心，就各聯之配搭裁剪言之，尤屬停勻密緻。善學杜者，自宜於此等處深深理會，再進而求其飛騰變化之迹，庶不背求學次第之功。不然，七寶樓臺，安有從地湧出者乎？

近日偶讀散原詩，有「淚痕吞著酒」句，自見新警，然淚固可吞，言痕則微礙理事，此意人皆知之，惟不及細察耳。又湘人劉腴深於長沙大火後作二句云：「一燎萬家同燼後，半昏群岫獨歸時。」頗為人傳誦，實則上句燎燼二字相犯，尚不具論，至下語獨歸當是何人？若以屬之群岫，則直堪噴飯！其無主格甚明。余因憶放翁早歲作應制詩，亦有「樓台飛舞祥烟外，鼓吹喧呼明月中。」二句，大為紀文達曉嵐所議，句之疵病，在主格未確，此詩上聯飛舞云者，乃是祥烟，而樓台無與，依此句法，則下聯與祥烟作對之主詞當是明月矣，既是明月，則此喧呼者，又不能不以之隸於鼓吹，兩邊對看，皆屬杆格難通，此自屬句時，近於率易，亦正坐詩律未細之故，腴深瀏陽名孝廉，為詩甚有功夫，嚮在省垣時，曾數接談讌，前所舉者，非其佳製也。

再論律句

昨來所論律句，乃摘句法之疵病者言之。又記楊重子先生曾舉湘綺翁一聯相告，其語為「塵黯素書還自讀，月明烏鵲更何依。」初看似亦順適，剖析言之，上句塵黯素書是一節，下句烏鵲何依是一節，烏鵲無依，是明明以烏鵲為主詞矣，而讀素書者自有其人，非素書之能自讀，單舉一句，尚能自立，合看之，則上句竟無主格云云，與前論放翁句例相合。重子先生師事湘綺翁，乃亦糾讁不少假借，信乎賢者之不肯苟同，而言律之不易也。

律之細者，莫若杜少陵，余曩歲應友人林尹景伊之招，於其課餘，與師範大學群彥，偶共商討詩法。當時曾舉少陵「兵戈飄泊老萊衣」一篇為例，以明其虛實相應之法，全詩既寫置高壁，從平列處看之，則一三五七句自成四聲，如：

兵戈飄泊老萊衣（平），歎息人間萬事非。
我已無家尋弟妹（去），君今何處訪庭闈。
黄牛峽靜灘聲轉（上），白馬江寒樹影稀。
此別應須各努力（入），故鄉猶恐未同歸。

往昔於此，未嘗究心，今茲偶見，頗用為奇，然猶以少陵詩中若是安排，殆偶然耳。旋讀朱竹垞《曝書亭集》，有寄查德尹編修書，正詳言此事，為驚喜不置！原書首段云：「竊嘗聞吾友富平李天生之論矣，少陵自詡晚節漸於詩律細，曷言乎細？凡五七言近體，唐賢落韻共一紐者，不連用，夫人而然，至於一三五七句用仄字上去入三聲，少陵必隔別用之，莫有疊出者，他人不爾也。蒙聞此言，尚未深信，退與李十九武曾共宿京師逆旅，挑燈擁被，互誦少陵七律，中惟八首與天生所言不符……」云云，其後竹垞又言，久而睹宋元舊雕本杜詩，及證以《文苑英華》，文句與今本小異，試加檢校，則並此八詩亦皆具上去入三聲（首句用平者，即成平上去入四聲），與天生所言，竟無一不合。

少陵七律數百，未能一一對勘，以實天生之言，惟其與竹垞武曾皆績學之士，語非欺誑可知。所以特為揭出者，非謂吾人之作律句，必須依此成法，強以四聲闌入，牽合束縛，以步趨古人，亦聊示律例精嚴，若掉以輕心，則失之遠矣。

三論律句

昨論律句，頗為朋儔注及，近晤中台吟侶，尤多以為言。諸所引古今人句法，皆為論藝而發，略無成見，亦不涉門戶之私，儘可各陳所見。散原「淚痕吞著酒」一語，物論各有依違，素庵居士另舉散原之「鴉銜昨夜晴」句，謂亦曾為吟人所糾摘，且言此句實勝於前。余以為鴉口所銜，止於微物，晴安可銜，況昨夜乎？然此自偏於意象，具有一種神理，尤見作者思力之深。而就常情言之，空際晴氛，宵來已動，棲鴉銜出，乃是晨光，語入幽微，自然警妙。銜之與吞，皆是實詞，前者略見拘牽，後則廓然無礙，素庵之言蓋信矣。大抵前人著句，豈少白璧微瑕，固亦無害大家，毋庸過為迴護。杜少陵之「白頭搔更短」，為遷就聲律，易髮為頭，搔尚可安，短於何有？（此友人成惕軒兄言）亦一例也。

至前論少陵律句，頃接巴壺天教授來書云：「尊著『再論律句』，以律詩一三五七句用仄字，上去入三聲，少陵必隔別用之，莫有疊出者，斯言良信，然此法少陵從祖審言已先用之。如〈夏日過鄭七山齋〉一首：『共有尊中好，言尋谷口來。薜蘿山徑入，荷芰水亭開。日氣含殘雨，雲陰送晚雷。洛陽鐘鼓至，車馬繫遲回。』一三五七句仄聲字，正係去入上去相間，無疊出者。又審言尚有一法，乃每句之中，四聲皆備，如〈和晉陵陸丞早春遊望〉一首：『獨有宦遊人，偏驚物候新。

雲霞出海曙，梅柳渡江春。淑氣催黃鳥，晴光轉綠蘋。忽聞歌古調，歸思欲沾巾。』每句中仄聲亦必上去入無疊出者，此皆詩律精微處，雖審言亦不易首首如此。據《聲調四譜圖說》云：『此法少陵亦常用之。』或皆得自乃從祖之祕傳歟？」等語，尤見論律之精。所謂每句之中四聲皆備，如「獨有宦遊人」，「雲霞出海曙」，「忽聞歌古調」等三句，每句自備平上去入四聲。其餘四句，凡用仄聲處，亦必上去交互用之，無疊出者。愚記唐玄宗〈經魯祭孔子〉詩，除三五七句為入上去外，如「地猶鄒氏邑」五字亦備四聲，此為盛唐初期，律法蛻化未全，即已燦然如此，可知由來久矣。

壺天論詩甚精，頃證此言，復書謝之，謂其開示法度，足以作範上庠，為群彥取則，不獨為下走張目已也。

壺天於台灣師範大學講授詩學，屢稱引《聲調四譜圖說》，按此書為清董文煥著，與漁洋秋谷所撰《聲調譜》、《談龍錄》等，並為言聲律之專書。文煥所作，世稱董譜，最為精絕，今時已成孤本，不知壺天何自而得，或行篋之所攜耶？

據壺天所引董譜稱：「無論五律七律，其最要之法有二，一為每句中四聲皆備（說見上篇）。一為第一、第三、第五、第七句之末一字，不可連用兩去聲或兩上聲，必上去入相間。律詩備此二法，讀之必聲調鏗鏘。」且謂：「律者六律，蓋指宮商、輕重、清濁而言，少陵之『晚節漸於詩律細』，意必於此辨之至精。若以對偶言律，則唐人律詩，同有通首不對者，而七言絕句，昔人謂之二韻律詩，亦謂之小律詩，又何以稱焉。」等語，其意係指明所謂「律」，並不專屬於對偶，尤足供吟人參證。

前引朱竹垞轉述其友李天生言，五七言近體一三五七句用仄者，少陵必以上去入三聲隔別用之，莫有疊出者，竹垞尚未深信，後與其友李武曾互誦少陵七律，中惟八首與天生所言不符，茲略引二首如下：

〈鄭駙馬宅宴洞中〉云：

主家陰洞細烟露，留客夏簟青琅玕。
春酒杯濃琥珀薄（入），冰漿盌碧瑪瑙寒。
誤疑茅堂過江麓（入），已入風磴霾雲端。
自是秦樓壓鄭谷（入），時聞雜珮聲珊珊。

〈江上值水〉云：

為人性癖耽佳句（去），語不驚人死不休。
老去詩篇渾漫興（去），春來花鳥莫深愁。
新添水檻供垂釣（去），故著浮查替入舟。
焉得思如陶謝手，令渠述作與同遊。

右第一首用仄處，連著三入聲，第二首三去聲，似天生所言不實。其後竹垞得宋元舊雕本杜詩，及《文苑英華》證之，則第一首「過江麓」作「出江底」（江不當言麓，作底良是。竹垞說。）。第二首「漫」作「漫與」。其餘六首中，如〈江村〉之「多病所須惟藥物」，應作「賴有故人分祿米」。〈鄭縣亭子〉之「雲斷岳蓮臨大路」，應作「大道」。〈至日遣興〉之「無路從容陪語笑」，應作「笑語」，〈秋興〉之「織女機絲虛夜月」，應作「月夜」。〈卜居〉之「無數蜻蜓齊上下」，應作「下上」。〈秋盡〉之「雪嶺獨看西日落」，應作「西日下」。竹垞至此乃言：「合之天生所云，八詩無一犯者，由是推之，『七月六日苦炎熱』，下文第三句不應用「蠍」字，作『苦炎蒸』者是也。『謝安不倦登臨賞』，下文第七句不應用『府』字，作『登臨費』者是也。循是說以勘五言，雖長律百韻，諸本字義之異，可審擇而正之……」云云。今錄其說而存之，不僅為言律句者之所必知，亦善讀杜集者之一助也。

閒話折枝

詩鐘亦稱折枝，然始自何時，固莫得而詳也。黃中理堂纂《雪鴻初集》，專選錄折枝名句；理堂清光緒時人，所傳抄有林文忠少穆句頗多，論者謂當在清嘉慶道光間，其風始盛，語自可信。

何謂折枝？誰立此名？已無從深悉。或言折枝乃就七律中四句摘出兩句為之，如折花枝然，故名。或云如畫中之合寫折枝花卉，所謂「猩色屏風盡折枝」者是也，二說皆近似。又有謂作古近體詩難，作詩鐘易，其取喻若云「為長者折枝」，特一舉手之勞耳，此則言之過易，不足饜作者之意。

折枝有正格七：一、鳳頂，二、燕頷，三、鳶肩，四、蜂腰，五、鶴膝，六、鳧膝，七、雁足。別格十：一、魁斗，上下兩句首尾各嵌一字。二、蟬聯，上句末下句首各嵌一字。三、鼎峙，兩句共嵌三字不相並。四、鴻爪，上句第四字及下句首尾各嵌一字。五、雙鈎，兩句首尾各嵌一字。六、五雜俎，兩句分嵌五字。七、四五捲簾，上句第五字嵌一字，下句第四字嵌一字。八、轆轤，上句第三字嵌一字，下句第四字嵌一字。九、碎錦，又名碎流，兩句分嵌四個字以上。別格外尚有四種，一、拗體格，如「藥、溪」第七唱（即雁足格）「幽人無事出尋藥，小鳥一聲飛過溪」是也。二、流水格，如「長、薄」第五唱（即鶴膝格）「乞多天上長生藥，醫盡人間薄命花」是也。三、集句格，如「女、花」第五唱「青女素娥俱耐冷，名花傾國兩相歡」是也。四、太極格，如「續、橫」第二唱（即燕頷格）「斷續鐘聲山半雨，縱橫帆影月中湖」是也。

台灣詩鐘承斐亭之風，至今猶多嗣響，上述正格及別格，各吟社中每喜更迭用之，吟人亦多嘔心以赴。惟集句、太極兩種格法，則極不易見，蓋嵌字集句，但期如手偶得，安可懸的而求，至太極格似屬迴文一類，尤費經營，雖令哲匠為之，亦當望而卻步。

據聞「女、花」二唱，得集句佳作最多，首取卷云：「商女不知亡國恨，落花猶似墜樓人」，以為至工，次閱一卷：「神女生涯原是夢，落花時節又逢君」，皆嘆絕謂足以壓卷矣，及最後乃得前述之青女名花一聯，卒置榜首，真絕唱也。諸作似係出諸清季京朝諸詞人之手，大率樊山、哭庵數公作也。

右所述如集句、太極二格，已不能懸的以求，此外則以雙鈎格為至難，記聞友曾為言一趣事：榕垣某次鐘集，共議試作雙鈎，以『三岸七廳』四字分嵌上下兩句首尾，每人限作兩聯而為時至促，一人苦思不就，鉢韻再傳，乃戲書『三顧孔明臨草岸，七擒孟獲到花廳』二句，見者皆為捧腹大笑。此事閩人多能知之，並聞此次首選之卷，居然工穩貼切，惜已不記，固知承蜩貫虱，正自有人，不能以小技嗤之也。

詩家有聲病之說，折枝法度尤極謹嚴，凜然不可輕犯。近日友人曾履川兄以福州陳君海瀛《希微室折枝詩話稿》見寄，其所言折枝法式至備，為摘述於左。

折枝句中動靜字宜各自為對，如以讀書對沽酒，遊山對看月，自屬的當，以「讀」「沽」等皆動字相配也。若以讀書對名酒，遊山對好月，則「名」「好」為靜字，縱屬佳句，亦不入式，犯此者謂之「動靜無別」，一稱「內外科」。如「事、山」六唱之「越職悔陳言事疏，好官笑贖買山錢」，即其例也。又同為動字，尚有輕重之別，海瀛曾擬「錢、楊」一聯：「得錢入市先沽酒，移楊當門好看山」，言得字較移字輕，微嫌銖兩不均，所謂「差半字」者是也。應將得字改作儲字乃可。

其次例病為「畸形不整」，如「飛、數」四唱：「去棹如飛移岸走，有山無數渡江來」，以岸對江，固成配偶，然無故在對句中，又攙一山字，遂變成畸形，使同類之岸山江三字突出礙眼，此在折枝中最為犯忌，謂之三足蟾。

其次謂之「子母相失」，如盛衰、勞逸、異同，皆子母排比字，與歡樂、富貴、飢寒義屬一類者，截然不同。舉例句言：「斑獸西還看早晚，崖州南望泣孤寒」，出句「早晚」為子母排比字，與「孤寒」作對，正犯此病。

又次謂之「左右相撞」，凡出句既用天文或地理等類之字，下句非對偶處，如再用同一類之字，便成疵累。海瀛擬例句明之云：「頗疑風露花前立，最愛湖山雪後看」，上句已用「風露」字，下聯又用「雪」字，即此病也。

又次謂之「同音相犯」。海瀛擬一聯為例云：「星影滿江將眼亂，秋聲在樹已心驚」，二句中星聲心三字同音應避。尚有同韻相犯者，如成城、新辛之類皆不便吟誦。

又次謂之「字異義同」，二句同一義之字，不能相對，如「閒似白鷗滄海客，健如黃犢少年人」，「似」與「如」義複，下句「如」字改「於」字乃佳。

此外尚有所謂屬人屬物，聯上聯下者。兩句中語氣動止，屬人則須同屬人，屬物則須同屬物，如「山、牆」四唱云：「開遍山花春欲老，坐殘牆月夜將闌」，開字屬花不屬人，坐字屬人不屬月，語意扞格，不能相對。應將「開」字改為「看」字，以與「坐」字對，則均屬人。或將「坐」字改為「照」字，以與「開」字對，則均屬物，而主格自明，此屬人屬物之一例也。海瀛自言嘗作「微徑得從新鹿跡，寒林失卻舊鶯聲」二句，頗為朋輩所賞，徐悟於律未合，因出句用倒裝法，謂從鹿跡而得微徑，聯上也，對句用順序法，則直謂寒林失卻鶯聲，聯下也，應將出句改為「微徑留多新鹿跡」乃合，此聯上聯下之一例也。其所標舉法式，折枝格律，大率具此。

折枝正格，自鳳頂以至雁足，僅嵌兩字為詩眼，既不確定何人何事何物，而運用典實與否？亦任作者之意隨宜而定，然為之自有準繩，其大別可區為五類，即（一）言志。（二）抒情。（三）說理。（四）論事。（五）寫景。如闌此四唱，林天遺作云：「明月已闌焉置我，青山在此敢言官」，言志之作也。「家、道」六唱，黃念厚作云：「歸馬色寒交道見，病蠶心苦作家知」，抒情之作也。「中、後」六唱，魏道涵作云：「物可勝天霜後見，人無負我雨中知」，說理之作也。「一、中」一唱，陳篤初作云：「一士名成詩案後，中原事過釣竿前」，論事之作也。「詩、月」七唱，王碧棲作云：「翠微磬罷無多月，紅樹船停幾許詩」，寫景之作也。林黃諸人，皆閩垣折技名彥，雖所作未盡愜吾輩之意，要能各見才思，亦於此見閩派折枝作法。

右列諸作，尤以篤初「一、中」一聯，最為閩人傳誦，至今不衰，其出句係用東坡烏台詩獄事，下句取嚴光富春垂釣事為對，實則蘇公少年高第，早已名成，不待詩案以後，至中原事過字，較為惝怳，未必定屬子陵，特以著語清空，又頗占身分，故人人喜誦之耳。

折枝續語

林畏廬不善為詩鐘，而常喜聚朋鬙門句，聞曾在故京設社，稱冷紅吟局，因嘗自號冷紅生，故以此為名也。吟局似創始於清光緒乙未上元，時當中東戰後，畏廬藉端書感，撰燈聯懸門云：

劫外看春光，吾輩能無憂國淚。
閒中結吟局，諸君應有感時詩。

又某歲於京寓重撰燈聯云：

落落十四言，直追漢魏齊梁以上。
觥觥八九子，都在王楊盧駱之間。

兩聯均不甚佳，首聯率易，次首較工，然出句頗多語病。漢魏齊梁，五言最盛，七言雖亦偶見，但成鱗爪，體製無稱。溯本追源，殆真可謂數典忘祖。作者非不知之，特以一時未暇自檢耳。

石遺室說詩卓絕，自為詩或少遜，折枝又次之，嘗言：「閩人喜結社為嵌字兩句詩，世所謂詩鐘者也，余與林畏廬最不善此。」云云，然閩人盛傳畏廬「天、馬」六唱一聯，其辭為：「黃河冰塊兼天下，白嶽雲綿夾馬飛。」以為壯闊，自亦未易及也。

台灣寄社老宿多閩賢，嘗為余言，舊時社集，畏廬及樊山常聯翩至，而作句每被黜落，諸少年翻在上頭，意氣飛揚，略無作色。某次畏廬憤作諧語納卷，同社知之，乃為高列以博老人歡，前輩風情，於茲可見。畏廬樊山，一則博涉多通，一則驚才絕豔，何以不矜必得，反畏後生，蓋於折枝一道，析之未微，一以大句為之，其不中程式宜矣。

老輩中最為人崇仰者，必數陳太傅弢庵，每作一聯，頃刻傳播，其語氣結構，社中人皆一見即辨，如「碧、鷄」二唱之「殘碧殿秋如有戀，老鷄知曙奈無聲。」「商、士」五唱之「秋生雁柱商聲緊，春入鴉鋤土脈鬆。」等聯，字字穩貼，其於此藝，可云精絕，足以凌駕一世已。

弢庵之作，於寥寥十四字中，極盡馳騁磬控之妙，抒辭命意，又復唱嘆無窮，有時直以自家身世，融入句中，如上列殘碧一聯，傳為易代時所作，逋臣哀緒，令人誦之黯然！即如商聲士脈，烹鍊成文，何等工緻，以較畏廬冰塊雲綿，雖亦凌紙生新，而「雲綿」二字，究待商榷，此其所以不及也歟？

折枝為閩人所專工，曩時鄉塾中，兒童總角，能為五七字對句，即以此道課之，其於調平仄拘對偶殆成天性，聰穎者年十五六，即能開口詠鳳皇，為長者刮目視。此種風氣，全國各地，莫有及者。

由學作折枝兩句以成七律全篇，真可謂循漸以進，勝於憑空著手多矣。雖有疑鐘句稍涉雕鏤，耽之過甚，於詩恐傷氣韻，固亦未盡然也。嘗觀折枝所標法度（詳見前篇），非僅不墜苛細，抑且平正詳明，尤於聲調競病，辨之邃密，足為後生示範。今人率臆成吟，疵累隨見，正苦於折枝一途，未肯多下工夫耳。律之為道，愈辨愈細，能者乃漸入精深，安可以雕鏤傷韻病之乎？

閩人成詩之漸如此，清季能者尤輩出，如弢庵、海藏、石遺諸人，群推宗匠，其餘名家嗣響，尚難悉數。履川兄家自明季儆炫給諫以至於今，世居閩侯鶚里，凡十有一世，世世皆以詩鳴，皆有專集，豈惟增輝家乘，實乃震爍古今，其沐浴玄黴，賡歌有自，亦非他邦右族，所得而比數也。

然閩派詩鐘，大抵自有一種面目，詞調亦或略異尋常，有時作者此種意味太濃，不免使人不耐，如海瀛選田谷士句云：「草堂西接江來處，佳句中合木落聲」。謂此聯在律特中亦為警句，近來折枝罕見此作。按谷士句為「草、佳」第一唱，以草堂對佳句，不落恆蹊，藉見思力。起筆沉鍊，有古大家義法，然下句鈎絙不實，未為合作。此與陳篤初之「一士名成，中原事過」，同有崛彊之致，或為閩派特有之風。至如前述流水格之「乞多天上長生藥，醫盡人間薄命花」，以「乞多」勉與「醫盡」作對，成何語句，皆可謂「張茂先我所不解」。

海瀛選第一唱佳句與「草堂西接」聯並列者尚多，其中以張鶴廉之「二水流花同到寺，南風吹雨不過城。」范夢樵之「人去衣稜猶一整，詩成燭跋已三更。」吳味雪之「東嶽夕光回一寺，垂虹秋色擁孤亭。」等聯為佳。鶴廉作尤鮮新，味雪垂虹句，宜可方駕。

畏廬「天、馬」六唱之「冰塊雲綿」一聯，閩人言詩鐘者多亟稱之，而此次社課另有元卷，其聯亦特佳，過於畏廬，聯為：「霜店無燈群馬嚙，雪蓬不岸四天垂。」閩縣王貢南毓菁孝廉尤極推重，至謂：「自此句出，閩中英俊，遂務為戛戛獨造，而詩鐘革命，領異標新。」云云，就兩卷言，皆於眼字（即「天、馬」兩字）運用全力，有獅子搏兔之勢，而後作尤廉悍刻深，學者於此可悟折枝作法，於思路之層層翻剝打入，粗能窺見。

右作思深而不露巉刻之跡，過此則傷韻矣。如陳篤初之「展胸填茗神逾王，晚目趨楓步為遲」。雖亦新警，究嫌雕鏤太甚。此似係「填、趨」三唱，眼字過於烹鍊，便成此態。

林文忠少穆，沈文肅幼丹皆工為折枝，觀其句法，一以命意為主，不為縋幽鑿險，而意態極不凡。舊傳「門、起」五唱之「孫子不叨門第蔭，華夷常問起居安。」「聞、事」五唱之「裘被聲名聞四海，鼎鐘顏色事雙親。」以為文肅作，的見名臣身份。文忠嘗作「足、清」四唱句云：「郊原雨足雲歸岫，台閣風清月在天」。又其遣戍西陲時，與友人共拈「然、起」二字作二唱云：「偶然風雨驚花落，再起樓台待月明」。前作氣體高華，後作成於憂虞之際，尤見襟抱夷曠，可徵學養兼到，似尤勝文肅之僅作富貴語也。

海瀛言折枝作法有六：一曰神，神不超逸則呆。二曰理，理不完足則戾。三曰氣，氣不渾雄則弱。四曰味，味不雋永則索。五曰聲，聲不洪亮則啞。六曰色，色不鮮妍則醭。貢南則謂凡作鐘句，其為法在言近旨遠，光景常新。標舉四禁：一曰淺，謂句中所陳為尋常景物。二曰率，謂衝口而出，搖筆而來，皆人人意中所有，而不屑為者。三曰陋，謂出語凡近，著想平庸。四曰佻，謂體近香奩，而流為猥褻。所稱俱有獨到之見，而貢南言尤足供人玩味，所示禁例，不僅為折枝言，亦學詩者之所當三致意也。

記含光先生遺札

曩歲曾作七律數篇，抒寫爾時情趣，江那陳含光先生尚健左，因以寄呈。先生復書云：

漁叔先生左右：前蒙賜示七言多首，瘦勁深微，直入後山，而筆墨鮮新，遠出其上，略無晦塞之態，所謂智過其師者也。昔任天社謂後山詩不犯正位，而阮亭直斥為鈍根，二語正相反。竊嘗疑之，意以為此公五古數章，直入漢人，下亦不減東野，五律高者亦躋子美。至七言頗貪用字，至以自累，如貪使「反形已具」字，而言「老形已具臂膝痛」，夫臂膝痛乃老徵已具，非形已具也。如貪使「海道」字而云「海道東還具一舟」，夫坡之西歸乃江道西還，非海道東還也。又「老手」「壺頭」對初不工，而壺頭字亦太苦而窘矣。諸如此類，所在多有，世人但以為陳鄭所稱，而例尊之，如散原稱薛浪語，蘇堪稱四靈，石遺稱都官，豈亦可信耶？惟真知者能去短取長耳。既欣尊作，遂發狂言，居今日而欲反陳鄭所稱，幾無殊在宋而非坡谷矣，幸方家有以教之。敬請夏安，弟陳含光拜上，乙未四月二十日。

右札皮置行篋，今已四年，楮墨如新，而先生已不可復作矣。先生論詩，於賤子開示最多，均極精當，此札藉鄙製以論後山，褒語溢量，所不敢承，其評隲處自多創見。惟言「海道」句，乃後山寄東坡定州詩，題為〈寄定州蘇尚書〉，時當宋元祐八年，宣仁皇太后崩，哲宗親政，東坡乞外補，遂以兩學士出知定州，後山以時事漸變，勸東坡高退，寄此詩道意，原二句為「功名不朽聊通袖，海道篚違具一舟」，非海道東還也。其意蓋謂東坡已功成名遂，自足不朽，政可縮手袖間，而遂湖海之本志（本任天社註意）。至所稱海道云云，固自有本。按《晉書》：謝安雖受朝寄，東山之志，始末不變，及鎮新城，造汎海之裝，欲須經略粗定，自江道還東。」東坡曾以此意作〈八聲甘州〉詞有云：「約他年東還海道，願謝公雅志莫相違。」後山即本其語，因勸坡公引退，故云海道無違，但具一舟即行，用事寓意，均可謂精切，含光先生以東坡原詞有「海道東還」字，遂誤以牽入後山而尤之，特一時失檢耳，往日擬得間為言之，而先生旋謝賓客，今偶記於先生札後，蓋猶不勝黃壚之痛云。

含老追紀

昨記含光先生遺札，兼念平生師友零落，感不絕於心，自撫鬢絲，亦垂垂老矣。猶憶己丑之歲，余從東阿浮海來台，閉門卻掃，適逢重九，意緒蕭寥，台灣詩人陳南都，於草山烟雨樓，置酒高會，拆柬見招，至則耆艾如雲，方分題著句，稿既集，乃遞次傳示，余亦以一箋漫置其間，時含光先生正在座，初不相識，睹箋深蒙嗟賞，自此盛為延譽，誨勉甚殷。

南都素負詩才，淡於榮利，所居烟雨樓，棟宇精潔，倚欄臨眺，如出塵表。是日微雨新霽，天半見彩虹甚麗，下瞰幽澗，良久始滅。又金門登步，我師盡殲來犯之敵，方播捷書，余因本此意走筆作律句云：

門外長虹飲澗回，樹頭金碧炫樓台。
重尋故國登臨約，坐老明庭述作才。
烟雨有靈秋色滿，江山無恙菊花開，
憑高欲賦中原頌，照海旌旗獻凱來。

此詩成於倉卒，未暇深思，而不為老輩呵斥，幸已。

先生時年七十，目力較差，腰腳尚健，朋儔每有讌集，延請輒至，譚笑甚歡。後生呈藝請益，必為欣然瀏覽，多所稱許，或須予損益，亦必委曲設辭告之，一時文士，皆以得其片語品第為榮。弟子中惟張百成兄最為久故，亦盡得其詩文義法，恩義周摯，於師門甚厚。先生既歸道出，百成猶歲時攀瞻隴樹，以致悲思，每語及未嘗不改容加敬，世情漓薄，如百成高行，豈易得哉？

先生素習歐書，晚加勁整，並工篆法，亦兼寫山水寄意，求者踵接於門，嚮日不懸潤例，彌益繁勞。素短視，七十後更苦目昏，其作書畫須於紅日滿窗時把筆，盈尺外皆不辨，遇陰雨惟袖手默坐而已。積數歲，乃榜門告眾，凡乞書畫，以良醞及捲烟代潤，稍示限制，及後則並此亦謝卻之。入其室，屏榻蕭然，先生曾鐫一印，文云：「身如閱世老禪師」，清冷之情可見，及卒，余撰挽詞云：

追陪在烟雨樓頭，不道流離親老宿。
姓氏入儒林傳裏，早迴功譽入章篇。

結句蓋用後山語意也。

記程石軍

友人程石軍以疾卒於台北，今墓草再黃，朋儔間念之彌深，嘗集議醵貲為刊其詩，衡山譚遵魯，龍岩蘇笑鷗謀之尤周且備。遂魯手寫遺稿付印，至徹晝夜之力，眼枯手僵而不休，朋友之情，彝倫增重。

石軍與余訂交台員，垂垂老矣，而思力未衰，每有吟事招之，無不應。偶共社課，輒先成佳句，間雜嘲詼。記前歲赴人家夜飲，吟嘯甚歡，興盡偕行，送君歸寓，時霜風已厲，海月初沉，聞斜街寒柝數聲，下車別去，自是君寢疾不復出矣。余頃題其遺集，有「迴車曾是經過地，月沒斜街數柝聲」二句，追維前事，尤淒然不可為懷。

君名懋圻，江西新建人，弱冠肄業北京大學，與王調甫、嚴受明並以俊才知名上庠。樊山老人讀其詩，深相嘆異，並稱為「三少年」。三人中受明所作，余未嘗見，調甫屬句，多淒哀側豔之聲，君則含思綿邈，出以穩鍊，別見才情。於時舊京文酒聲樂甚盛，雍容裘馬，飛動詞場。菊部歌鬟，負色藝者，君與調甫課餘顧曲，時或寫贈新詞，郵亭爭唱，往往歌者之名，一日喧傳都下。顧君飭躬矜重，溫柔小住，一瞥即休，都無所染。蓋酒陣歌旗，聊取適意而已。

君懷才負異，嘗有志用世，槖筆走秦隴巴蜀間，而落落寡諧，終不獲自見，遂乃傾其力於詩。

自入蜀後，篇章始自寫存，少日所為，悉皆棄去，來台吟卷日增，自題《浮海詩存》，合《蜀遊吟草》為《恬廬詩集》，即今遵魯寫定，影印行世之本也。君詩淵源於其從父程君伯臧，自少已有規模，記其〈讀調甫猛悔樓遺詩題句〉云：

麗句靈思萬疊泉，喚迴心影裊如烟。
袖中文字小生活，燈下頭顱各少年。
郎署浮沉霜後鬢，山城邂逅劫餘天。
干霄志業凌雲筆，賸有詩傳倘可憐！

此君蜀中詩，作時距調甫棄世未久，所云「山城邂逅」，或於蓉渝間，尚曾一見。詩有纏綿之致，以在中年，格法未至，不若晚途之蒼勁也。

又〈戲酬笑鷗見嘲韻〉云：

少日京華自在身，赤騮白袷逐紅塵。
千金結客輸肝胆，五夜徵歌認笑顰。
老去莫談零片夢，心頭長養一分春。
曾看園外鞦韆影，牆裏佳人是路人。

則為浮海以後之詩，棖觸前塵，已無浮響，結處二語，當有所喻，亦見老去風情。《浮海詩存》次卷，洗伐漸深，不乏佳作，尤以其間七律二首，可冠諸篇，如〈午睡夢返故都〉云：

我欲奮飛衰病裏，滿衣零淚一呻吟。
尋盟早異同牀夢，觀火空煎隔岸心。
大地親知在饑溺，舊邦文物久消沉。
定知歸去傷殘破，可奈歸思日日深。

〈數年不聞嚴受明消息，思之泫然〉云：

卅年骨肉論交情，一別今難卜死生。
早索輓詞期曠達，晚耽禪悅悟澄明。
天遙海闊來無夢，書斷心悲泣有聲。
君在若教吟此什，也應掩袖淚縱橫。

如此等作，出諸至性，和淚濡墨，欷欷有聲，即此乃謂之「真詩」，人之一生，不易多得此篇，有之，則其聲已塞天壤，容可期諸不朽。余書至此，覺石軍音響如在左右。

石軍軀幹短小，及近周甲之年，面呈瘢痏，視往昔宜南載酒，白袷韶顏，殆同隔世矣，然猶語音爽朗，乍與之接，覺有一種誠摯之意，溢於眉宇間，使人挹之無盡。

周仲評別記

周仲評事，余於昔歲撰《魚千里齋隨筆》，曾紀其詳，而仍有未盡者。其人以誕妄獲重名，卒亦以此膺顯戮，平昔好弄小術惑人，實皆欺誑，不足信也。

仲評湘之平江人，寓居長沙，貌類傭保，語言鄙魯，而常示人以不測。民國二十三四年間，余東遊還湘，聞友朋間籍籍稱仲評有異術，斥勿信，曾數遇之於市，與語，辭意恍佛。性好博，呈博具則留連不去，恆達旦，然技至劣，賭未半，盡罄其資，漸久，逋負纍纍，則大怒拂袖行，踰日，諸債家無故從案頭獲金，其數悉符仲評所負，亦不知何由至也。相與語，輒大驚怪，以仲評為神。

凌霞新以礦務起家，於碧湘街築宅，落成日，賓客甚盛，仲評為其鄉人，亦饋禮登堂，主客皆喜其來，爭乞一睹神術，始固拒不肯，眾斁嬲不已，至是有以購物為請者，或言周君能役使鬼神，千里外珍物皆咄嗟致，此時為求簡易，可請於市廛買一時鐘，以證所傳為不虛云云，仲評乃姑頷之，先向主人索金償鐘值，封置袋中，脫頭上冠覆置隱處，須臾，忽對眾言，所購物已至，共發覆果得鐘。爾日霞新家所得，為「寸陰金」鐘錶肆物，時值在十元內，並餘資及發票皆在。霞新立遣人持赴寸陰金驗問，云適間有人購此去，未半日也。此事霞新曾面告余，且言仲評嚮日左京滬貴人家，屢屢為之，其所取者，或為魚蟹及他食物，而尤以時計為多，疑為先事布署，陰令徒黨攜以自隨，至封金發覆，暗中易置，則如尋常江湖術士，出手迅捷，無足奇耳。霞新所言甚有見，但未審仲評之譸張為幻，意果何在？或者圖逞大欲，先以此傾駭世人耳目歟？

是歲余僦宅長沙明月街，居停為湘鄉沈醉七，以文學相知，時共往還。其兒婦有金條脫二，嫁時物也，忽失其一。戚串中有一貧士常來就食，頗厭薄之，疑其竊去，一室詬誶，摒不予齒。醉七故長者，欲白其寃，私念仲評宜有術覓還故物，試往請，仲評慨然許諾，詢條脫輕重製作甚詳，旬日間來告，約赴寶南街一旅舍中攝歸，至日，醉七率家人往，仲評命取巨盎至，聚沙滿中，自脫單衣覆盎，口喃喃誦咒，少間，傾盎中沙，有物燦然躍出，取視，果先所失條脫也。

此事盛傳於時，里巷間皆津津樂道之，由是仲評愈自祕，平居罕與人接，即素交亦百覓不一相見。又手書榜門謝客，云當竄跡山海，詞涉詭異，陽若沖退，炫鬻彌甚！

時湘垣有宦家，以謾藏失珍甚夥，方挾貴勢，主緝捕者百計追躡，懸重賞期必得以媚之，而終杳然。其家索愈急，旋傳主人命，謂他失物不足論，惟中有一金時計，產自瑞士，為名媛所貽，但得此即罷。主捕吏實技窮，乃走乞仲評為助，仲評謝不應，則以危辭怵之，不得已許諾，經月餘，果得時計以報，皆大歡，然王家徐察失物，微不似，內嵌所愛小照，亦不見，疑非原璧，念業已得償，遂不窮詰。而醉七子婦嚮所覓還條脫，實出贗作，頗以洩之於人，蓋皆仲評故弄狡獪，其欺世盜名，率類此。

然世人以為仲評真挾神術，遇危難之際，尤冀倖得其力獲免，黠者或妄圖相結，覬覦非分，以肆奸欺，未幾而有戴望恆案。戴望恆者，湘鄉龍淵漢侯之妹婿也。以漢侯介，為湖南省銀行筦庫藏。始以朋遊挾妓負累數千金，歲暮無可為計，乃盜庫金以償，積久恐事發，索與仲評共博相識，訴以情，私懇為計，仲評笑曰：「吾諳所謂『黃白術』，獲十萬金如探囊中物耳。顧作術，必備母金，君誠能以萬元畀我，按前代遺法設爐鼎煉金，轉瞬即倍其數，一再反，君與我兩分之，皆富矣。適所負至微，安足慮耶？」望恆聞言歆動，復盜萬元予之，隨往問訊，仲評答曰：「昨來有博局，連敗悉罄君貲，願再以前數見予，必償約。」望恆又盜付之，此後即為所脅，連盜至二十餘萬元，事垂露，竟挾望恆夜遁，未數日，並就逮歸案。

望恆所盜，省行例向漢侯責償，時漢侯方為德士古洋油買辦號盡貨其資以付，用此破家。仲評入獄經年，湘大吏某必欲置之重典，遂論死，李宣教理其獄，復以他事株連，拷掠甚苦。聞被法之前夕，獄吏具食予仲評，且告之云：「君明當棄市，聞生平有奇術，倘能自脫，此其時矣。」仲評無言，但泣數行下而已。

漢侯誠謹，為余舊好，言其事始末甚備，語皆可信。仲評之死，距今不過二十年，湘人之知之者，當猶不在少也。

再記周仲評

周仲評伏法，至今已踰廿載，猶有人稱述其舊事，以為神奇！蓋未詳悉底蘊，無足怪也。余曾撮記其欺誑及被法始末，用以示夫挾詐陷人者之終必敗露，而世傳所謂方術之果不足信也，然猶以為仲評之飾小術弄人，因緣為奸，初意不過藉此斂財已耳。如戴望恆一案，始則誘人入穽，繼則挾持婪索，侵盜公帑，自屬罪無可原，惟遽予大辟，似未免量刑過重。頃聞友人陳季搏言，則仲評固是大奸慝人，罪浮寇盜，其膺顯戮宜也。

滬上有施某者，家鉅富，生一子年弱冠矣，愛逾性命，忽為盜綁架去，偵騎四出，蹤跡杳如。時仲評正薄遊滬濱，假館友家，一日，有盜夥持槍闖關入，仲評突起，徒手搏之，盜皆辟易，俄頃呼呼嘯遁，事頗傳於人，人或告施，周仲評當世奇俠，往求之，當可覓還公子。施方憂惶無計，因友介，長跽以請，仲評慨然許諾，立嚴裝行。明日還告施曰：「公子陷西山盜窟，吾夜來深入，與鼠輩戰，已奪還公子，背負欲出，而盜首追至，復從吾背上刦去，方奪取時，拉斷公子前襟，猶在吾手也。」言已出斷襟一片示施，果其子所服，大悲，堅求再往，仲評蹙額曰：「吾力已盡，盜首技與吾埒，非所能制，當啟吾師一行。」施又頓首請，仲評他日乃偕一叟來，白鬚眉顧視甚偉，施望塵伏謁，迎款至恭，入夜酒闌，叟與仲評皆易夜行衣，登屋馳去，黎明竟挾其子歸。

子既還，為父言仲評及叟先後營救狀，謂叟尤絕倫，當盜眾持械圍攻時，叟但舉臂一揮，械皆自落，盜首已成擒，復縱去，餘眾奔散，故遂得脫去。自此父子德仲評甚，而屢言報，皆被嚴拒，叟且不復再見，詢仲評，答曰：「吾師神人，不恆履塵世也。」

久之，仲評忽與施言，將還湘營礦務，需鉅資，施立贈十萬金，且言嗣後有緩急，無不如命。仲評之得施助，將及十年，施以他故破家始已。當戴案方急時，滬上破一積年盜窟，數綁匪落網，訊供皆仲評主之，其綏擄人自施家兒始，蓋仲評瞰施富，故劫其子而復還之，以圖厚報，寓居卻盜，及前後劫奪，悉出預謀，皆部署同黨為之，事類傳奇，亦可謂至巧矣。季摶久在湘，知其事較余尤詳，近共酒杯，言之娓娓，且云：「湘大吏之必欲誅仲評，殆為此也。」

記瞿秋白事

昨赴台中，與周君亮兄偕行，旅次偶共談諧，為言瞿秋白事，謂其伏法後，於北平臨乩，與弟雲白共談，嚮曾紀其語甚詳，今但粗記崖略耳。

余猶憶昔歲隨軍攻克瑞金，匪軍狼狽他竄，數日間，於長汀生擒秋白，其初被執時，不肯自言姓名，置諸櫐囚中，後有降卒證之，乃款服。提訊日，余曾見其人，面黃腫無人色，自云已久不食鹽，骨軟莫能自支，遂不克遠颺。刑前軍部派祕書李克長往會訊，共談數日，為李書近作絕句及小令數闋，並鐫一印以贈。李歸示余，詩詞皆有逸致。秋白本文人，一逐狂濤，致成滅頂！然當時風氣所播，人人如飲狂藥，受禍者固不止秋白已耳。

君亮言秋白少時讀書頗慧，原為舊家，後乃中落，其父亦以凶終。好填詞，時有苦語，蓋其遇為之，與匪為朋，或亦以此，然非達士則明矣。秋白出身北平俄文專修館，弟雲白繼肄業於此，某歲課餘，嘗與同學數輩扶乩為戲，其法至簡，僅以繩縛筆懸空，下置紙墨，誦所習咒語一二遍，筆自臨紙動轉成文。一日，筆振起如飛，於紙上書「瞿秋白」三字，儼然其生時筆蹟也。時秋白被戮已經年，眾駭詫共集乩畔，與之問答，應如響，詢死後情狀，即疾書數十言，大略云：「自長汀見殺，亦無所苦，但覺身輕如葉，隨風飄墮無定，或有所繫，隨念所之。今日偶過此，睹吾弟與諸君皆在，遂乃援筆一吐離情。」又云：「當飄泊時，腰腹以下，若與軀體相離，自視亦無所見，惟此半段搖曳風中，苦不自在耳。」問人世紙錢，頗亦饒益死者否？答：「殊不曾見，有之亦無用處，但吾弟焚鏹時，吾能感而預知，焚愈多，則吾軀體覺較平時加重而已。」復問冥間鬼神，究作何狀？答：「混混茫茫，無有日月，鬼且不見，何有於神？」所言大率類此，並與其弟娓娓論家事，處措有條理云。

鬼神之事，至為難知，言有言無，毋煩強執，就右所紀者觀之，又另是一境，與尋常鬼語不侔，或者所謂「中陰身」初離本體，遊魂飄蕩，猶未為冥中主者所錄耶？抑或上下隨風，行從泯沒，則又主「神滅論」者所得而藉口也。

慈航法師追紀

慈航法師圓寂後，閱時五載，徒眾啟墓塔視之，法體不壞，端坐如故，毛髮既未脫落，僧衣亦完好如初。十方僧俗，聞風嗟慕，連日往秀峰膜拜頂禮者，達數萬人，台北各報，紀述甚詳。作者於六、七年前曾親聆法語，數與周旋，當時情事，瀝瀝猶在心目，特為追紀於次。

當法師歸自星島，飛錫台員時，偶有因緣，獲陪廣座。師是時體尚壯健，慈容滿月，音吐宏亮，著杏黃袈裟，偏袒右臂，威儀甚盛，談言既愜，垂盼至殷。

余兒時魯鈍，生十齡，出就外傳，讀書不中程，先君憂之，嘗嘆曰：「吾家數傳皆幼慧，今至此子，青箱之業廢矣！」先輩中有老居士憐其稚，口授《心經》，令於靜時反覆誦之。是歲居湘濱故宅老圃中，夜闌燈滅，於枕上默誦所授經皆上口；徐入寐，恍惚見星月照水，其光皎然，積數月，覺心地漸朗，視舊所習業輒了了，自是誦書倍常兒。此事蘊藏胸次數十年，以師大智慧人，為具言始末，且叩其故？師應曰：「此自關夙慧，然所見皆幻相，且此客慧，亦非由定力來。」因教以結跏靜坐法，初甚苦，稍久頗亦輕安。一夜習靜，萬籟寂然，身心皆定，忽聞斜街微風捲一細礫，落地有聲，相距頗遠，應非聞塵所及，而的礫入耳。明日以白師，師曰：「居士且可暫休。」於是靜坐因以中輟。

師一日款關見過，座客數輩皆起迎，語次，師忽謂余：「君能擺落世緣，相隨出家則甚善。」眾頗訝其言，余亦逡巡未應。他日，師在某處說法，方演述玄言，倏豎眉相顧曰：「汝乃忘卻本來。」迄今已久，猶凜其一喝之威。自維鈍根，雖久在塵中，不忘香火之願，而少承儒家正統之教，痼蔽已深，流轉多生，尚不知振拔於何日？其負吾師之教多矣。

師自少出家，行腳披緇，了無異處，亦古禪人所謂「本分凡夫」者，然一生志業，惟以宏法利生為務，其無邊願力，當與此不壞之身，垂諸不朽。後之人當深體其清淨真純之素尚，及慈悲救世之本懷，而益發揚光大之，其有造於人類，自非淺鮮。若徒侈誇神異，聳動愚夫，是豈師之本旨耶？

鐘聯偶記

昨羅庾南、施孟宏見過，兩君皆閩人，能作詩鐘，為誦說其鄉先輩鐘聯甚多，而尤以陳弢庵所作為工。弢庵詩筆精警，雁行陳鄭，而微若不逮，至為折枝，則妙緒駢羅，二百年間，恐尚無與為敵也。

聞弢庵之元室王夫人，為王仁堪女弟，僅產一女，鍾愛特甚。及擇婿，有以林炳章及林旭為言者，弢庵索二子課藝閱之，於旭文特為賞異，以質夫人，夫人曰：「二子皆佳士，旭文固工，然英氣太露，恐難令終。」於是以女公子適炳璋，其後二子俱早達，而林旭果於戊戌被禍，炳璋入民國後，屢膺膴仕，後嗣皆賢，能世其家。

詩鐘之難，在於眼字之安排，蓋鐘眼多出臨時掇拾，為求因難見巧，每取虛實輕重不同之字，置於句中，一經酌定，即確然不移。操翰之徒，往往攢眉苦思，不屬一字。弢庵為聯，則無論眼字之難易，隨宜搏弄，高下在心，如良將將兵，奇正互用，無不如志。如所作「城、始」一唱之「始欲招賢燕有隗，城將壞汝宋無檀。」「之、所」二唱之「舍之牛過齊王殿，得所魚游鄭相池。」「砧、嚴」三唱之「萬戶砧殘齊入夢，孤域嚴解但聞歌。」「弟、牆」四唱之「寡人有弟難餬口，夫子之牆豈及肩。」「自、全」六唱之「頭頸阿麼空自好，心肝叔寶亦全無。」以右作論之，看似無奇，而獨運匠心，裁縫滅跡，真巧手也。

林琴南之「天、馬」六唱一聯，前已記之，茲聞孟宏另誦一聯云：「寸餘帆影來天際，幾許山光落馬前。」亦佳，可與前作互看。又「殘、出」四唱之「問鳥啼殘春幾許？勸雲讓出月三分。」別見思致，則琴南於此道，亦三折肱矣。

沈文肅葆楨官福建船政大臣時，簿領優閑，喜召幕客共作鐘戲。有一葉姓老儒亦在其間，偶得奇句，邀府主眄睞。及文肅薨逝，葉遂淪落不偶。爾日閩垣詩鐘之風特盛，葉於市肆簷角設案，大書代撰鐘聯，每條取制錢四文，求者示以眼字，操筆立就，新警恆出人意表，諸少年競持錢乞葉先生捉刀，得錢以沽酒，隨手輒盡，卒困死！至今人傳其「海、遊」一唱句云：「海怪踏沙披赤幘，遊魂歸寺拜朱棺。」其詭僻皆此類也。

大鶴山人

鄭文焯叔問，晚號大鶴山人，精研聲律，以填詞名世，曾接席王鵬運半塘、朱祖謀彊村，所詣益進。清季光宣之交，陳伯平中丞啟泰尤相推重，每有酬唱，傾倒彌日，嘗言：「叔問所為詞，雄厚之氣，直逼清真，時流無與抗手，由其詣力心思，都高人一等。」賢流品藻，實由心折之深，未嫌溢量。

叔問一字俊臣，世居高密通德里，鄭康成之裔也。九世祖從清軍入關有功，編入正黃旗漢軍籍。父瑛棨，官至河南巡撫，河道總督，有惠政。工詩兼擅書畫，世稱蘭坡先生。叔問天姿卓絕，過庭傳學，早露英奇，清光緒乙亥，應順天鄉試，中式舉人，會試屢薦不售，遂絕意進取。愛吳中山水幽勝，客居三十餘年，歷為撫吳使者上客，啟泰在蘇創設存古學堂，延叔問講學，四方碩彥，咸來奉手受教。辛亥後，愴懷身世，自比淵明，以越人術及鬻畫自給。清史館聘為纂修，北京大學請主講席，所著書甚富，自寫定書目凡三十九種。

始叔問齠齔時，好讀唐詩，日課數十首，誦之琅琅。年十一，侍其尊人蘭坡中丞遊洛陽，一日出城西觀櫻桃溝得絕句一首云：「櫻桃紅漲雨纖纖，京洛風光舊未諳，絕似熟梅好天氣，衣篝香裏夢江南。」出手已自不凡，叔問清才，於斯可見。其後叔問自述此詩並稱：「當時未識江南黃梅天氣如何光景，率爾操觚，意若有會；迨二十五歲南遊客吳，匆匆歲月，每值滿城梅雨襟袖酥凝，美成詞所云：『地卑山近，衣潤費鑪烟』，蓋紀梅天以熏篝除濕。而少作轉成落南之詩讖，亦足徵漂泊生涯非偶然也……」則自嗟身世，純是詞客口吻。

其論詞極重美成，而尤推崇白石。謂白石以沉憂善歌之士，進大樂議，卒為伶倫所阨，其志可悲，其學自足千古。且言「玉田崇四家詞，黜柳以進史，蓋以梅溪聲韻鏗鏘，幽約可諷，獨於律未精細；屯田則北宋專家，其高渾處，不減清真長調，尤能以沉雄之魄，清勁之氮，寫寄麗之情，作揮綽之聲，猶唐之詩家，有盛晚之別。今學者驟語此境，誠未易諳其細趣，不若紬繹白石歌曲，得其雅澹疏宕之致，一洗金釵鈿合之塵」，於此道獨具精闢之見，並世詞人，必有能深領其旨趣者。至彊村敘其苕雅詞稱：「叔問以獨行之志，胥疏江湖，墨墨以詞自晦，亦僅僅以詞顯」云云，蓋盛推而深惜之也。

憶松鶴圖冊

先曾祖韻園公年近六十，始入湘鄉曾侯幕府，後為彭雪琴侍郎所重，使綰糧儲，繼領江南鹺運，歷階至道員布政使，告歸後繪《松鶴圖》見志，同時賢流題詠甚多。先祖蘭次公官刑部日，又遍乞僚寀之能詩者續題，二十年間，裒然成兩巨冊，詞翰之美，所見殆稀，今在故鄉，恐燔劫火，思之悵惘無似。圖中畫韻園公八十小像，科頭坐長松下，白鬚方瞳，神致蕭遠，一鶴翱翔松際，一鶴飲啄階除。紙本寬廣尺許，冠諸冊首。

諸家題句，為之尤工者，有長沙張文達公及義寧陳散原先生七律二首，其次則為同邑王湘綺先生所作三絕句，今就記憶所及，猶能悉舉其詞，文達作云：

吾家老屋松千尺，曾記兒時桃鶴來；
午夜風濤涼枕席，太陰雷雨逼亭台。
披圖隱觸歸田志，解組翻思入幕才。
故事不須談戰伐；海雲如墨角吹哀！

文達名百熙，字治秋，清季官尚書，領學部大臣，素不以詩名，而詞筆清警如此，書亦秀挺，老輩信不易及也。聞作此詩，正當海疆多事之際，故末句及之，特藉端抒感耳。文達詩之存者寥寥，此真吉光片羽矣。

散原先生之作為：

虬松圍屋鶴將雛，揩眼瀟湘見此圖，
萬嶺清陰浮几杖，一門元氣住蓬壺。
孤山處士梅何在？栗里遺民鞠與俱。
苦憶先人三徑冷，飄零舊夢落江湖。

此詩《散原精舍詩》不載，蓋出一時酬應，信手寫去，未及留稿耳。細味全篇，雖非刻意精鍊之作，然神理格法，儼然可見，按其末二句「先人三徑」云云，則屬稿時，應在〈崝廬述哀詩〉以後。

湘綺絕句三首云：

淵明老去撫孤松，未免人呼田舍公，
林下清娛添一鶴，頓令水石有清風。

買山仍得近城居，負澗臨流屋樹疏，
應笑林家太清寂，歲寒新築萬松廬。
瀟灑田園樂暮年，松風花雨兩翛然，
松成龍去鶴生子，更讀南華第一篇。

後一首較率，亦佚稿也。

記樂幻智事

吾友瀏陽李韻清兄，勉林制軍之曾孫，曾為上海世界書局總經理，有聞於時。前夕披襟對語，至夜闌別去，風簾寫韻，茗座留芬，友朋之樂，不數數覯也。

韻清言近見人書樂幻智事，語失翔實，幻智曾為浙江大學教授，其在榮宗敬寓，乃為其子師，榮創辦江南大學，屬為校長不就，昔歲與訂交，知其行事甚詳，蓋當世振奇人，非僅武功卓絕而已。

幻智河南信陽州人，少學技擊於陳家溝楊氏，傳其絕詣，後禮餘饒神嫗王氏為師。王體貌不揚，視之一尋常村女耳，目不識丁，而有神解。嘗為幻智說經，妙緒駢羅，記之卷，積久高等身，王忽曰：「汝所錄多不虔，吾行悉攝之矣。」踰日視稿，皆無故蠹盡。幻智居滬時，與徐朗西善，數偕韻清詣朗西，朗西亦以拳捷知名於時，四方客皆至。暇日偶共坐，有西籍拳師來謁，請角藝，幻智笑顧其弟子董世義當之；西人驟攻，世義以手格之，輒躓數武外，起復攻，愈著力，躓愈遠，至幻智摧人，相距尋丈，一戟指，即仆地矣。朗西之鄰有黃氏園林，幻智課徒其間，韻清曾見群弟子數十共搏幻智，幻智翱翔往來，雍容談笑如戲，有頃負手中立，諸人聚攻，將及，忽虛空有大力拒不令近，若堵牆之環其身，韻清怪問何術？笑曰：「吾氣力之所發耳。」又嘗同赴錢鏡塘寓，鏡塘以買賣書畫為生，適他出未歸，因共登樓倚欄候之，俄而遙見鏡塘從街頭來，幻智戲謂韻清云：「君視我出小技，止鏡塘不得上。」言甫卒，鏡塘已入門將拾級登，舉步如有物格之使退，復奮袂進，又卻，至再三，汗涔涔發面，韻清為大笑。鏡塘方仰首見幻智，乃呼：「幻智勿作劇。」幻智微哂，則疾趨入室矣。他日韻清與共步林間，夜涼，四顧無人，請曰：「良夕願賜奇技一觀，以怡心神。」幻智即掉臂出五指連揚之，隨所劃處，發奇光五縷如電炬，熠熠有聲。

其高第弟子曰尤彭熙，負藝絕倫，自以為技過其師，一日，侍幻智下樓，出不意，騰一足自後猛蹴之，幻智飄然落數丈外，立定，返顧罵曰：「畜產，汝乃非人。」亦不加譴，自後，人就問彭熙，幻智輒拱手曰：「尤君我友也。」終不復言其他。

右所記皆韻清親見，為縷縷言之，傳神處，藻墨不能盡也。

記張其鍠

士之奮跡榮路，與夫讀書承學，自甘寂寞以終，其功用既殊，旨趣各異，固已截然判為兩途。而有於軍書旁午之交，鐃鼓嘲諷之際，仍復潛心著作，紹述微言，此其人之異稟天植，蓋已超絕人數等，如臨桂張其鍠子武者，於近世人才中，宜不多見。昔蒙莊稱述墨翟，謂為才士，由茲取譬，其殆近之。

其鍠世居廣西臨桂之西鄉蘇橋驛，父琮，清同治壬戌舉人，官廣東南海縣知縣；生子十二人，其鍠次居十，幼穎慧甚，年十九入廣雅書院肄業，明年丁外艱，家貧，奉母以孝聞。光緒癸卯，舉廣西鄉試第四名，甲辰成進士，以知縣用，分發湖南，知零陵縣事，聲績懋起，移授芷江。芷號繁劇，民性強悍，多盜。其鍠方年少，負文武略，稱健吏。每聞盜警，雖深夜必往，常衣短後衣，馳怒馬，與胥卒深入林箐搜捕，期心獲，盜風以斂，治行稱湘西最。

雲貴總督李經羲方赴任，途次沅州。其鍠隨太守上謁，經羲一見遽謂曰：「吾始入湘境，即聞君名，行愈西，而人稱君名愈甚，君之臨民，乃以何術致此耶？」是夜復召晤，促膝至宵分。其後經羲上奏密陳其鍠堪備封疆之選，奉旨交內閣存記。

其鍠《獨志堂叢稿》，有〈感遇〉文，載此事甚詳，其記是夕與經羲語新政一節，尤警闢得體要。其鍠才志卓犖，於此可見，如記經羲再傳見詢地方利病及捕盜決獄諸事後，又云：「朝廷方急辦新政，兄意如何？」對曰：「此亡國之新政，非新政事，乃新表冊也。不及立憲矣」。公（按此謂經羲）凝視曰：「何故？」對曰：「吏治至今，弊已極矣！復毛舉萬端，使州縣查填，核其表目，半無可查，據致稟復，則諷使捏造，上下相率為偽，國事豈復可為？」公嘆曰：「然，名為百廢俱興，致則百興俱廢，大患在此矣！兄亦有辦法耶？」對曰：「地方有海疆邊腹之異，民智有開通愿塞之殊，當察情勢興造，不得一概而論。且十事並興，而一無成效，不若緩其六七，先其二三，二三有效，更策其餘，期以十年，可得大要。」公曰：「即舉其急者，先二三事，有何把握，必有效耶？」對曰：「為治之道，要在循名責實，名必副實，度幾近之。」曰：「然，然則循名責實，果操何術，可使必然。」對曰：「欲循名責實，當執簡馭繁，簡則有要，易知易行，綱舉而目張。繁則頭緒多，奉行不易，隨以廢弛，俗吏常情，大抵然也。」公頷之再三曰：「兄言是也。」觀其對語，均可謂洞中時弊，雖亦常語，而義理恆新。

辛亥之秋，革命軍起，其鍠方為湖南南路巡防統領，屯兵永州。茶陵譚公以湘省議長被推為都督，與有雅故，改編其軍，旋任為軍事廳長，深加倚畀。時湘省軍隊龐雜，供輸浩繁，民皆病之。其鍠建遣兵歸農之策，毅然先罷遣所部，並沙汰諸軍至十餘萬人，匕鬯不驚，湘人稱便。

蓬萊吳將軍建節南征，破長沙，下衡州，進甚銳。譚公集諸將議退守嶺外，其鍠持不可，乃分軍自將，張疑兵扼敵，讓諸軍令從容後撤。既距守永州逾月，且移書吳將軍，反復開陳利害，將軍夙耳其名，遂通信使，約為兄弟，訂兩軍各守防地之約，不復加逼。

民國壬戌，直奉戰罷，其鍠被任廣西省長，殫精擘畫，百廢漸興，經歲政成，受代而去。吳將軍開府洛陽，兵車咸會，辟備顧問，從其出關，魚水之歡，由茲而定，及將軍受浙鄂諸將擁戴，為聯軍總司令，加盟者凡十四省區，其鍠入幕長記室。霸府初建，壁壘一新，倚任既堅，探囊出智，目營八表，凡所規畫，悉中機宜，主客英賢，疑為罕覯。俄而師徒撓敗，肘腋變生，其鍠矢共艱危，堅心捍禦，冀回頹局，以報深知。入蜀之計已成，凶鋒四布，素懷磊落，四視坦然。丙寅五月，自唐鄧南行，抵鄂豫交界之鄧林關，單騎先驅，不意超越前衛，途經灰店，敵騎驟起，發鎗中其鍠腕，遽下馬植立，鎗再發，傷腹，遂死焉。

其鍠書生，而少歲英偉多能，通風角壬遁之術，善擊劍，據鞍顧盼，叱咤風生，號為無畏，每臨虎穴，視若坦途，不虞竟以無備而戕其生也；比將軍率大隊馳至，已不及救，撫尸大慟，權厝蕭寺，後數月始歸其柩於南陽。

始其鍠去岳歸滬，已有著書終隱之志，而蓬萊數遣使致聘，義不可違，逮乎佐幕東南，辭書屢上，終不得請，俄丁末運，又不欲孑然不顧而行，遂同患難。夙精術數，嘗自謂運盡是歲，至此竟驗，蓋自知之，而卒不能免，豈真所謂生死前定耶？

儒修之士，外示文柔，內涵取義成仁之訓，及臨大難，履至危，往往擬身赴死，其為勇決，雖孟賁亦無以過。至於守死勿去，或竟刎首瀝血，以報知己，歷徵前史，此例尤多。大要言之，以身殉其事者，殆惟孤行其志，於意為安，既非驅迫而為，亦毋煩究問死之當否，但哀其遇而欽其烈可也。

其鍠曠代逸才，徒以「忽然感激」之私，瀕危不貳，論者或咎其感恩為誤，一死無名，而不知其鍠源出墨家，以趨死守節為極，昔孟勝死陽城君之難，謂為「行墨者之義，而繼其業。」以茲為例，豈惟暗合，實乃師其意而為之，其鍠可謂能讀墨者矣。茶陵譚公〈哭子武〉詩云：

一別真投筆，三年只枕戈，
有書長不達，無命欲如何？
生死交情見，孤寒涕淚多，
裹尸餘馬革，悽惻向江沱。

辛苦依人計，艱難烈士風。
前知悲郭璞，從事異臧洪。
未必謀生拙，猶憐殉友忠。
縱橫湖海氣，今日盡途窮。

少年曾並轡，中道各揚鑣，
鷹隼飛常厲，驊騮意苦驕。
多才成負負，同好已寥寥，
白首誰相慰，羈魂不可招。

夙昔誰知己？平生誤感恩，

室惟餅粟在，篋有謗書存。
意志兼儒俠，恩情託夢魂，
冤親同一盡，痛哭夏何言？

又章孤桐亦作四首云：

南陽千古地，運會未能同。
此日亂無象，當年臥有龍。
才高純不及，志激澹無從。
子武吾能說，功名一夢中。

晚歲從戎去，橫戈意未平。
愚忠具可憫，一死太無名。
為賭書生氣，曾鏖賊子兵。
公私吾念汝，功罪正難明。

憶否車中語，緣何意未平？
過多名士習，微愧老成人。

草檄陳琳過，參軍鮑照親。
禍胎終在此，世亂本難群。
最怪衡陽雁，排空似反戈。
此中消息誤，到底亂離多。
自是恩情重，其如天下何？
幾人知子戇，老淚為滂沱！

其撰《墨經通解》，仍本孫仲容遺則，引說就經，分條牒字，而成書最後，遍覽鄒特夫、陳蘭甫及近世諸家之說，棄短取長。又廣採自然科學及心理學論理學、諸理綸足以相發者，以類和會而印證之。嘗為梁任公言，「世難稍定，得閉戶覃精數歲，當成一二書以靖獻於學苑。」其後未幾，竟被兵死，任公每太息思其言，而未料其治墨之書固已褎然寫定也。任公曾為敘之，其文今附所著《墨子學案》後。

長沙瞿官穎兌之彙刊其鍠所為文章及詩，謂其鍠不刻意為文，而取徑超絕，蘊蓄宏深，非恆流所能幾及。除集中游記數篇外，尤推其祭蕭督文，以為逼近陸士衡云云。今觀《獨志堂叢稿》中此文，乃代其府主吳將軍作，全篇為四言韻語，藻思健筆，當可與其〈辭廣西省長〉一文並傳；所謂蕭督，蓋即蕭耀南，其人似未足當此文也。

其鍠於詩，尚乏獨詣之功，所為亦不多，集中有〈壽延陵〉五律二首云：

漸喜神州定，應知砥柱功，
蓬萊鍾淑氣，海岱想高風。
說體思遙集，浮罌智不窮，
遠邦驚將略，近世更誰同？

洛下花如錦，開軒值令辰，
知非還折節，學易每書紳。
自是迴天手，無慙後樂身，
更看歸馬日，稱兕九州春。

其後又有〈乙丑三月寄懷延陵〉，即以為壽二律，亦當是刻意之作，拳拳府主，約略見之，然以詩論，則前作較勝。

又〈關山月〉云：

山月逐愁生，流光避更清。
高空弦望影，萬里別離情。
曙近當窗白，河低入戶明。

流黃機上色，杜宇夜中聲。
應知思婦苦，宛轉過長征。

頗有齊梁遺槼，另〈書懷寄佩韋〉云：

經國談兵兩不成，晚求遺學到姬嬴。
拔毛放踵人如在，起廢鍼肓世可驚。
楊蠹醰醰專膾炙，圖麟籍籍起功名。
步兵青眼吾當受，未向千秋負此生。

於其學業，頗能自信，亦集中佳製也。

再記林長民

不佞前撰《魚千里齋隨筆》，於林長民宗孟生平事蹟，有所記述，取材劉幼衡《政史拾遺》，而微以己意整齊論次之。於宗孟高才，深放推挹，至對其出關之舉，殊有未解！蓋以宗孟當時位望言之，宜非郭松齡所能致，意者宗孟儒流，豈以仲尼不辭費召，私心效法，欲藉此以行其志歟？誠若是，則謂為急不暇擇，非苛論也。

梁君敬錞，字和鈞，藝林碩彥，以文學知名海內外，為宗孟鄉人，頃自紐約致書，於不佞前篇，有所諍論，謂往昔曾長宗孟記室踰十年，念府主恩誼，懼史事湮沉，不得不為之論辯，且稱「才人橫死，後世史家，搜羅事蹟，猶當百倍哀矜，忍重誣之乎？」等語，其拳拳府主之倩，久益加厚，足以激勵澆俗，心敬其人，因為詳載其語，以志吾過，並以致悼於宗孟，而重悲其遇也。

和鈞之駁正余文，其大要有三，來函中段：「宗孟先生雖兩佐段合肥，入閣議憲，而平日極惡安福系，既嘗以此忤王揖唐，疏徐又錚，又嘗以此辱梁眾異於金魚胡同海軍聯歡社百餘人之席上。當安福隻手攬政時，正宗孟抽身避歐之會，宗孟入閣，在民國六年，安福系產生，在民國九年，在宗孟貴顯，本不藉此，而文中（指拙作前篇〈記林長民〉）謂安福系主政，眾異宗孟，並致通顯，納薰蕕於同器，其訛猶小，誤時代以三年，於史則大，不實一也。宗孟以馮河間之祕書長，被邀入閣，主司法三月，所鐫『三月司寇』小印，謂其文人好事，稍涉浮誇，如南海之長素，任公之超回，則可無辭，而以此指為熱中，不知何解？且段馮齟齬後，段閣閣員一體請辭，河間密招宗孟，謂與君另有淵源，奚必因段絕我，而宗孟力持立憲閣員，必須與總理共同進退之義，堅請辭免，三度辭呈，指出弟手，是宗孟不以官爵之虛榮，易其出處之大節，已可概見，而文中以『功名內熱』病之，不實二也。宗孟出關投郭松齡之役，誠為當時朋輩所不諒，然宗孟去京，只圖避地以免禍，不在附轍以求榮，其中牽線之人，乃京漢路局長之黃酒謨，而非在奉浮沉之蕭其萱。李孟魯景和自項城歿後，久傷沉淪，受酒謨重託，游說宗孟，且冀其出關，舉薦自代，事誠有之，若謂松齡密謁，卑詞乞請，主軍讓政，分握大權，則辭雖警策，事屬子虛，不實三也。」此和鈞歷指余文失實之處，而其言宗孟出關尤明確可徵。如云：「松齡與宗孟無一面緣，無一語交，徒以宗孟夙負盛名，為日人欽慕，欲藉以自電耳。至宗孟則利其與馮系為侶，假其來迎之專車，款段出都，不至蹈曾雲沛、梁眾異受窘被囚之故轍，雙方遇合，只是如此平淺。當松齡初約晤宗孟於溝幫子時，松齡已以破竹之勢，率軍前進，宗孟既至，不得不一見言謝，兼踐舉李自代之約，於是乃有白旗堡之行；逮抵堡後，猶冀橫渡遼河，取道營口，以返天津。其自堡來電，託弟（和鈞自稱）浼請伯唐汪公，轉呈執政，亦作是語。不料河冰是年獨不凍合，車不得渡，因循三日，即至遇難，書生不解軍行，不能自主，以致輕身授命，事真可憫！而今乃以『貪慕功名』、『急不暇擇』責之，八字月日，千秋冤獄，此下走所以不能無言也。夫其時北京猶是政府，宗孟以選任推舉之深資，膺國憲起草委員長之高位，無論遠投驍將，夷險未知，就令松齡得逞，果符平分軍政之言，亦已分同天澤，何貪何慕，何急何擇，而遂出此耶？據李孟魯脫險歸言，宗孟於遇難前夕，猶復對月長吁，頻言

『無端與人共患難』七字不已，嚮使先有共圖富貴之約，必無此言，是中真相，從可大明，而當時政敵，故為播弄，遂使此深含敵意之詭詞，轉成為世說之新語，至可嘆也！此事雖隔三十餘年，而海內能知其經過，除下走外，尚有在台以書法名世之卓君庸在，漁叔就近，可覆按也。」

漁叔束髮受書時，先君愛憐少子，恆以舊聞詔示，多出課餘。昨歲鬻字裁篇，時或刺取一二，歲久失記，訛謬為慙。至輾轉傳聞於他人者，尤多乖舛，然一時戲墨，宏旨無關，其託事抒辭，藉以自鳴孤憤則有之，若謂深文周內，蓄意以為謗傷，則自信無是。和鈞之辭甚辯，又溫雅可觀，故特著之於篇，以告世之不諒宗孟者，題曰再記，取正前篇之失，可以並存，而毋庸筆削也。

吳彥復與陳鶴柴

監察院于院長右任，昨曾為詩，語及廬江陳鶴柴。頃從友人處，假得吳彥復《北山樓集》讀之，集凡三卷，收古今體詩一百九十六首，文二十三篇，即鶴柴所輯印者。

彥復名保初，號子遂，安徽廬江人。清廣東水師提督吳武壯長慶子，以父蔭官兵部主事，與陳三立散原、丁惠康叔雅、譚嗣同復生並號四公子。鶴柴名詩字子言，亦籍廬江，曾遊彥復之門，著籍為弟子。彥復歿後，為搜集其遺稿，董理甚勤，卒刊印以傳，時鶴柴年逾七十矣，風義之篤，儒味重之。

鶴柴草〈吳北山先生家傳〉稱：「嘗從先生，徜徉山澤，相與和歌，命酒看花，履舄恆滿，得聞其滬事甚詳。」云云，家傳外，尚有題集詩前後五首，書後三首，尤有佳致。其紀師門生平言行，本諸親所聞見，自屬翔實。始彥復師事寶竹坡侍郎，因與竹坡公子壽伯福太史締交甚厚，及伯福卒，彥復方貧甚，竟賣所乘車馬賻之。臨桂龍澤厚曾為蜀中宰，光緒戊戌，以黨禍罷官，同居滬濱，適其女卒，無以為斂，馳書彥復乞助，彥復慨然質狐裘，得三十金以助。時與積厚未相識也。又彥復旅京津日，喜收購古錢，並曾得昌化雞血石印十二方，吳昌碩缶廬為鐫之，其後以困窮質於合肥龔心銘，得三百金，約期二年取贖。越數載，積金欲贖，而龔持不可，泗州楊文敬為居間，且慨贈千金乃得歸。彥復既歿，石歸南通張季直，季直歿，遂不知流落何處。故鶴柴詩云：

脫驂容易典裘難，久慣貧居不畏寒，
不道苦心錘鍊句，故交卻作等閒看。
瘻廬摹拓有藏泉，佳貝名刀記燦然，
竟與缶廬花乳印，相隨羽化不知年。
臨池愛倣蘭亭帖，柔順文明理易含，
諤諤尚留章草在，一生都似褚河南。

第一首所謂「脫驂」「典裘」，即指伯福積厚二事，第二首言昌化雞血石印事，末章則言彥復作書學褚河南，並其生平亦差與相類也。

王昭君考

前漢王昭君和番，琵琶出塞，故事流傳最廣。古今來詩人，出色寫這一題目，無論正反兩面，意義全皆說盡，哀感頑豔，讀之令人迴腸盪氣，不能自休。

劇本彈詞，於昭君和番的本事，都是一樣寫法；大致是昭君為漢元帝皇后，豔名遠播，以致匈奴單于指名索取，志在必得，於是興兵來犯，烽火達於甘泉；昭君見此情形，遂與元帝訣別，倉卒和戎，譎退敵兵，手抱琵琶，擁上征騎，出至塞邊，投江而死。也有將投江的情節，加以更動，而成為昭君到了番邦，先令單于將毛延壽斬首，然後伏劍自殺的。數年前，顧正秋女士最擅此劇，筆者於台北曾顧曲數次，戲的內容，正是如此。

實際，王昭君本事，與戲劇完全不同。我想，假如能夠將她的全般真實故事，搬演出來，不僅不至玷辱了這一位絕代麗人，反而會使劇情更加生動淒豔！原來昭君早入漢廷，空有傾城顏色，不能見幸，就好比「懷才不遇」一樣，逼得走上此途。而她之為國捨身，絕不因恚恨而走錯路徑，始終本著報國的誠心，盡到她的責任，這是我們應該予以正視的。

按昭君名嬙，《前漢書》作檣，又作牆，史註稱其為南郡秭歸人。琴操言：係齊國王襄女，年十七以「良家子」待詔掖廷。前代的人都稱她作「漢明妃」，稗官戲曲，因其有「明妃」的尊號，所以誤認為是元帝的皇后。實則昭君不僅非元帝的后或妃，而在和番以前，與元帝連一面之緣也不曾有過。她之被稱作「明妃」，是因為她別號昭君，由漢傳至晉初，為避司馬昭的名諱，所以大家改稱「明君」，而「明君」二字，卻是前代臣下們用來恭維帝王的專門名詞，不甚合宜，故又改稱「明妃」。那是說她曾為單于王妃，加上「漢」字，表明她是漢人，倒是一箇很的當的稱呼，後世詞章家，遂相沿不改。

漢代的後宮，到了武帝以後，人數越發增多了。傳稱：自皇后以下，還有昭儀、婕妤等有職位的，計分十四等，那些都是妃嬪妾御之流。昭君在當日以良家子待詔掖廷，不列在十四等職位之內，只算得是一個「待詔」。考應劭註《前漢書》言：「邵國獻女未御見，須（待）命於掖庭，故曰待詔。」據《西京雜記》說：「元帝後宮既多，使畫工圖形，按圖召見，宮人皆賂畫工，昭君自恃其貌，獨不與，乃惡圖之，遂不得見。」這即是昭君不得進御的原因。

漢元帝竟寧元年正月，匈奴呼韓邪單于「稽侯狦」，修宣帝時故事，再度來朝，並上書求婚以自親。元帝命以良家子五人賜之，詔令昭君居首，賜號為「寧胡閼氏」。「閼氏」讀如「胭脂」，是當時匈奴語的譯音，本義即是皇后。

我們看《後漢書》很出色的寫昭君臨行情狀，真是傳神之筆。那書上說道：「呼韓邪臨辭大會，帝召五女以示之，昭君豐容靚飾，光明漢宮，顧影徘徊，竦動左右。帝大驚，意欲留之，而難於失信，遂與單于。」我們知道，要描寫一箇絕代的美人，實在不是一件很容易的事；你看他絕不用那些漂亮而庸俗的字眼來形容，也放棄了那些習慣的比擬來雕塑，他只用間接的樸實的語句，從「豐容靚飾」到「竦動左右」寥寥一十六字，就把昭君容態動止，很夠份量地烘托出來，漢殿為之光明，左右為之震動，這是何等的高明的手法。像這樣的描寫，並非《後漢書》作者范蔚宗懸想之詞，而是根據蔡邕、華嶠諸家的舊記。蔡等則是本著先世傳述，故能疏狀自然，有同目睹。

史家明言，昭君在宮庭數歲，不得見御，因積悲怨，自請於「掖庭令」以求行。琴操更言是越席請往，大概當初遣賜良家子時，昭君並沒有列在數內，是她自己越次請求前往，並不是單于指名索取的。她之所以毅然請行，當然是自負姿容，鬱鬱數年，無從表見，又既為畫工所「惡圖」，進幸之望已絕，這種深宮幽怨，不是少女們所能忍受的，故與其老死長門，倒不如求榮絕域，這便是昭君決絕不迴的意念。元帝在事前，並不曾理會，等到臨辭驚豔，目眩神搖，縱然是一代帝王，卻也無能為力，因為這一箇「徘徊顧影」的麗人，已經不是待詔的昭君，而是親自賜婚的單于新后，嚴裝待發，萬目同瞻，國家體制和信用所關，更沒有絲毫挽回的餘地了。

元帝在位一十六年，「竟寧」是改元後的第一年，昭君賜給單于，係這年正月的事。到五月間，元帝便已棄世了，死時年方四十三歲。按〈本紀評贊〉八十五：「元帝多材藝，善篆書，鼓琴瑟，吹洞簫，自度曲，被歌聲，分寸節度，窮極幼眇。」從這裏可見元帝的聰明和才華，可算得是一位壯年的風流天子。當他失去了那絕色的王昭君後，是如何的抑鬱寡歡，難怪他要盡殺畫工雪恨了。

《前後漢書》均不言元帝誅殺畫工事，惟《西京雜記》有之。據傳此書是新莽時劉歆所作，所以對先漢事都無忌諱，頗採異聞。所記被殺的，除毛延壽外，尚有陳敞、劉白、龔寬、陽望、樊育等，都是高手畫家，內廷供奉。因為唐宋人詩歌屢次提及毛延壽，所以他的名字最著。

昭君於竟寧元年正月，隨呼韓邪單于歸胡，成婚後，生了兩箇兒子，一箇叫作「伊屠智牙斯」，封為右谷蠡王，後來被他的異母兄弟「呼都而尸道皋」單于所殺；另一箇則名行無考，大概是早死了。呼韓邪單于歿於漢成帝建始二年，以時考之，他和昭君結婚只有三年，便分手了。繼位的是「雕陶莫皋」，叫作復株絫若鞮單于，係呼韓邪前妻呼衍之子。照胡中的習俗，繼位的兒子，應妻後母，所以昭君須下嫁給雕陶莫皋。據琴操載：「昭君不肯妻其子，吞藥自殺。」這是不對的。因為胡俗的下嫁，規定只是後母，並不是親生的母親；這裏說是「其子」，筆法就簡得近於荒謬了。正史記載，昭君這時曾上書漢廷求歸，成帝不准，仍令依從胡俗，故再為復株絫若鞮單于的閼氏—皇后。婚後，又生了兩箇女兒，均封「居次」一譯言公主。長女叫作「云」，嫁須卜氏；次女失名，嫁當于氏；這都是可以查考的。「吞藥自殺」的話，據此即可斷為虛構。那復株絫單于，在位也只有十年而死，昭君連喪兩夫，這時還是一箇半老佳人，年齡最多也不到四十歲呢。後來關於昭君本身的事蹟，以及卒於何時，史書並無記載，也就無可考證了。

不過在昭君適胡以後，番漢情感調和，邊庭安靜，從沒有發生過戰事，自元、成、哀、平諸帝以至王莽，一直保境相安。雜史曾說：「和親一役，成六十餘年保塞之勳。」昭君之功，當不在少。

史書又載昭君的長女「云」，曾經被王莽徵召進入漢宮，侍太皇太后，為銜匈奴使命，增進兩國邦交，盛獲賞賜而歸。並紀：「云」的丈夫須卜當，係胡中貴族，封右骨都侯，充用事大臣，常有親中國之心。等到王莽篡立，「云」「當」夫婦，和昭君次女及夫婿醯櫝王當于氏，均曾先後來到長安，受命和輯諸番，協理內政。「當」與其子大且渠「奢」，並受新室公侯爵號。「當」病死前，王莽還曾以其女陸逯公主配「奢」。這些都是王昭君的嫡系親屬，為國效力的證據，想來多是出於昭君的指示了。

袁寒雲詩事

袁克文寒雲以兄克定，擁乃父稱帝，心不謂然，作詩示諷，題為感遇。詩云：

乍著微棉強自勝，陰晴向晚未分明。
南回寒雁淹孤月，西去驕風動九城。
駒隙留身爭一瞬，蟲聲吹夢欲三更。
絕憐高處多風雨，莫到瓊樓最上層。

此詩結二句最佳，當時一種憂危之思，溢於詞表，出諸寒雲之手，尤見分量，以是人競傳之。唯細味此詩，承接處尚欠綰合，又用韻以庚蒸互押，疑傳者有誤。近閱有關洪憲野乘，乃知寒雲原作，本係兩首，其全詩為：

乍著微棉強自勝，古台荒檻一憑陵。
波飛太液心無住，雲起魔崖夢欲騰。

偶向遠林聞怨笛，獨臨靈室轉明燈。
絕憐高處多風雨，莫到瓊樓最上層。

小院西風送晚晴，囂囂歡怨未分明。
南迴寒雁淹孤月，東去驕風黯九城。
駒隙留身爭一瞬，蟲聲催夢欲三更。
山泉繞屋知清淺，微念滄波感不平。

題曰：〈分明〉，另有小敘為「乙卯秋偕雪姬遊頤和園，泛舟昆池，循御溝出，夕止玉泉精舍。」前書並稱「二作經易哭庵刪削，併為一篇，乃以問世，寒雲於哭庵所刪，殊未愜意」云云。就第一首論，波飛太液一聯，亦自寓意頗深，上句自謂，下句隱刺奔走帝制諸人，以之襯托風雨瓊樓，尤饒情致，自以存真為佳，不必強為筆削也。

寒雲於袁氏諸子中最有志業，兼之文采飛動，一時名彥，多與往還，隱比陳思，令魏文減色。及此詩出，克定陰遣人構之，糾摘前詩末二句，為反對帝制之明證，遂奉命安置北海，禁其外出，並與諸名士酬唱。自此寒雲日以摩挲金石書畫為樂，不復與聞外事。

前詩小敘中所稱「雪姬」，名薛麗清，南部清吟小班名妓，貌僅中姿，而白皙溫婉，以風槼勝。寒雲嬖之，強納入宮，字之曰「溫雪」，以與「寒雲」相對，未幾，竟絕裾去。寒雲在禁痼中，別有一姬名秀英者相隨，為之作炊。寒雲自云：「秀英原名小桃紅，今名鶯鶯，咸予舊歡小字也，每對之悵觸。」因作聯贈之云：

提起小名兒，昔夢已非，新歡又墜。
漫言桃葉渡，春風依舊，人面誰家？

又另有一聯云：

薄倖翻成小玉悲，折柳分釵，空尋斷夢。
舊情漫與桃花說，愁紅汰綠，不似當年。

蓋皆追憶麗清之作也。

寒雲為袁氏仲子，兄克定，弟克良、克章。聞湘人言：當帝制事亟，合肥李蛻、盧經羲至京，謁項城諫阻，比晤，李猝問：「外間盛傳公將稱帝，究有此意乎？」項城笑曰：「君試思吾行年六十，功名憂患，均已飽經，何須竊號自娛，轉增煩苦。若云為子孫萬世之業，則環顧諸兒，克定足跛，克文日與諸文士鬧詩酒，是豈能仔肩大業者。三四兩兒克良、克端，年幼識淺，更無足論，比來謠諑雖繁，君與我相知素深，又何必輕信耶？」李以其語樸質而有風味，為拊掌大笑，出以告人，謂為信然。

克定足跛，善怒，性似近於躁妄，贊畫帝業甚堅，日與籌安諸人聚謀，以寒雲少有文采，恐用才名奪嫡，視同子建，蓄意欲搆陷之，瓊樓風雨之讒，正煮豆燃萁之漸也。有諳新華史事者言，克定左足病曳，當時有朝士名顏世清者，洪憲元旦，朝新華宮出，疾趨青宮賀太子，崩角於地，克定屈膝報之，克定左跛，杖而能起，世清右跛，亦據地良久，身乃植立，左右各留半膝，有如牴角對蹲之戲，狀至可噱，寒雲及克良在側，為大笑鬨堂。克定盛怒，痛責諸弟，謂其兒戲朝儀。克良反唇罵曰：「汝真欲以儲君威凌群季耶？世豈有跛皇帝、聾皇后者？」蓋克定婦為吳大澂清卿女，兩耳皆聾也。克定益大怒，以物擲弟，世清又為跛跪以求息怒。右出劉禺生《洪憲紀事詩》，據此，則其友于不協，有由來矣。

崑劇《千忠戮》〈慘睹〉一曲，其〈傾杯玉芙蓉詞〉有「收拾起大地山河一擔裝」及「寒雲慘霧和愁織」等語，寒雲最喜歌此，故取曲中「寒雲」二字自號。歌時悲壯蒼涼，或至聲淚俱下，目眥欲裂，其託意建文，殆有所激而然也。記有人傳其自書聯語云：

> 差池兮斯文風雨高樓感。
> 收拾起大地山河一擔裝。

一用義山語句，一用曲文，有足稱者。切寒雲之才，嚮使袁氏帝制不為，得以貴公子從容盡其所學，必有可觀，惜乎夢過東華，竟落拓江湖，賫恨促齡而殞，豈維寒雲一身之不幸，亦藝林之不幸也。

王湘綺與洪憲

新城陳灨一序余《花延年室詩》有云：「歲甲寅，以楊皙子介，見湘綺先生燕都。」按甲寅為民國三年，袁氏招湘綺入京，聘為參政、國史館長。湘綺此時已年屆八十，攜女僕周媽同行，抵京後所書日記，屢言及之。灨一有〈讀湘綺樓日記〉之作，曾以見示，大抵皆甲寅秋冬間事也。

舊時湘省人家招雇女僕，價至賤而極勤謹，主家多重視之。年四十以上者，尤忠耿可倚任，歲久除執役外，或預聞家務，權亞主人。湘綺老鰥，周事之甚久，蓋一身兼僕妾者也。聞湘綺應袁氏聘過武昌，鄂督軍王占元先遣人遠迎，以周為常僕賤遇之，周不樂。及湘綺投刺占元，附署周氏，昂然偕入，占元出意外，不知所措，後乃待之有加禮。旋飭官車送之渡江，既厚贐老人，兼餽周氏，湘綺笑曰：「今日為周媽吐氣矣。」

當湘綺應聘之初，故里儒流，多致非議，時袁氏僭竊之念已萌，談者以老人將為新朝佐命。擬以國師。實則湘綺平生滑稽玩世，遊戲人間，觀其來去自如，處處不離嘲弄，雖此行竟屬多事，亦殊不足為此老病也。

湘綺任國史館長後，外傳周媽乘機把持開支，干涉用人。熱中趨走王門，及欲掛名史館者，尤多厚與相結，覬為一言。湘綺明知之，亦痛惡此輩。據灨一錄出之湘綺日記數則，其中言及鄉人某求周媽事，謂此輩「心想之奇，何事不可為？他日定當以圜土殺之，此等人不殺，無可位置也。不知佛出，何以度此？」又：「《大風報》館誣周媽受賄，遣問根由，轎夫均出，遂不得出城，亦藉以避風也。周媽屢致人言理亦宜。」「欲待仲恂查辦周媽事，彼日日來，今日乃不來。」等語。日記中所謂「定當以圜土殺之」云云，按《周禮》：「以圜土納之。」注：「圜土、獄城也。」此亦湘綺戲言，然憤恨之情可見。

據前輩言，周媽似亦能通文理，湘綺曾告人云：「予藏書零亂，作文時引用書帙，惟周媽能一檢即得，雖門人學者，亦不能細心若此，伺候老人外，尚有專長。」又嘗詢弟子顏某云：「報章紛載周媽誹語，汝意云何？」顏曰：「八十老翁，出入以婦人役，古禮有之。」湘綺莞爾笑曰：「是真讀古書能會通者。」

洪憲帝制諸臣，聚議以龍飛在望，宜載寶書，以光史冊，於是有國史館之設。主其事者，必為當世魁儒，人倫師表，僉謂非湘綺莫屬，袁氏可之，兼從楊度請也。度與湘綺同里，既屬內親，且為入室弟子，婉達此意，不遭峻拒，乃遣使致蒲輪安車之聘，飭湘鄂豫直諸將軍巡按，使沿途款接，湘綺遂行。

湘鄂諸名士祖餞，交口嘆美，以比桓榮，謂為儒生稽古之力，漢廷盛事，再見於今。而愛重老人者，則以為未安，湘綺笑應云：「吾此行但應年姪之招耳。」蓋湘綺與袁氏先輩，清季有同榜之誼，故以為答。其在漢上抱冰堂，曾賦詩有句云：「閒雲出岫本無意，為渡重湖一賞春。」亦以此自明心事。垂耄之年，非貪慕榮利、別有妄念可知。

揆湘綺本意，固亦不薄史事，欲以此傳其曠代高文，且冀幸袁氏未必果攘神器，不妨先與委蛇，倘竟一意孤行，固可從容求退。及抵京就職，僭妄之跡益明，遂乃詭託侍姬，傲然不顧而去。於進退之義，不背初衷。

相傳湘綺醉中過故京中華門，佯訝問諸弟子云：「此何時改作新莽門」？聞者噤不敢答。按前門舊稱「大明門」，清世易名「大清門」，民國初建，易號「中華門」，至是乃改為新華，沿襲舊規，益加宏麗，凡門內南海宮殿，皆稱新華宮，以備袁氏入居，故湘綺之言若是。

當史館致聘時，湘綺曾作書抵袁，有云：「聞殿墀飾事，已通知外間，想鴻謀專斷，不為所惑，但有其實，不必其名，四海樂推，曾何加於毫末？前已過慮，後不宜循。改任天下之重，不必廣詢民意，轉生異論，若必籌安，自在措施之宜，不在國體。且國亦無體，禪征同揆，唐宋篡弒，未嘗不治，群言淆亂，何足問乎？」此書見《湘綺樓說詩》卷七〈湘綺自記〉，語甚率直，書中所謂但有其實，不必其名等語，尤為扼要，氏惜袁之見短，未能聽受耳。

又傳爾時參政院宴集，座有精易理者云：「頃試為項城占象，得易之困卦，六爻曰：『羝羊觸藩，不能進，不能退。』」在湘綺座笑曰：「羊者、楊皙子也，事不成，則皙子不能進，不能退，不能遂，事成而不成，項城只有作仙人騎五羊逃西方耳，楊杏城行五，五羊其應在杏城乎？」京師一時流傳，以為戲論。

張嗇庵與嵩山四友

南通張季直嗇庵生平行事，前撰《隨筆》曾屢述之。其在洪憲僭號時，被邀入嵩山四友之列。四友者：徐世昌菊人、趙爾巽次山、李經羲蛻盧及嗇庵。言嵩山，指項城發祥地也。四友之號，由當時政事堂奉申令明白頒示，其文云：

自古創業之主，類皆眷懷故舊，略分言情，布衣昆季之歡，太史客星之奏，流傳簡冊，異代同符。徐世昌、趙爾巽、李經羲、張謇，皆以德行勳猷，久負重望。在當代為人倫之表，在藐躬為道德之交，雖高躅大年，不復勞以朝請；而國有大政，當就諮詢。既望敷陳，尤資責難。匡我不逮，即所以保我黎民，元老壯猷，關係至大。茲特頒嵩山照影各一，名曰嵩山四友。用堅白首之盟，同寶嵩華之壽，以尊國耇，至喻予懷。應如何優禮之處，並著政事堂具議以聞。此令。

此種教令，以駢驪為之，蓋當時儒臣夏壽田輩手筆。令下於民國四年乙卯十二月二十日，袁氏即以次年元日僭號，其間相距不過旬日，正新華夢熟時也。以未升極，故不曰詔書，猶稱申令。武昌劉禺生撰《洪憲紀事詩本事簿注》，詳載此文，雖藻采無稱，亦居然開國帝王口吻。

相傳此議創於袁克定，何人畫策，則莫能詳。克定之為此，殆以漢惠自居，崇飾耆龐。用堅儲位。聞徐及趙李，清季與袁氏並時擁節，地望崇隆。嗇庵雖爵秩未侔，而往在吳武壯長慶幕府，袁曾北面。兼以大魁高望，無復慙顏。諸人並非山林隱逸，希蹤園綺，都覺不倫，蓋以之點綴新朝，標為盛事，袁氏父子用心如此，無足數也。當時以徐東海擬東園公，趙次山擬下黃公，李蛻廬年最少，擬綺里季。嗇庵擬用里先生，仍從「先生」二字取義。

嗇庵居吳幕，駐朝鮮，袁氏以隨員從，奉武壯命，師事嗇庵，稱為季直師，或張老夫子。及袁為大總統，函電均罷除師號，改稱季直先生或張老先生。籌安議起，任嗇庵為農商總長，又易季直先生為季直兄。至此則降師為友，見諸綸綍矣。

四友教令之頒，徒崇虛號，於受者亦不副本懷，殊為多事。禺生紀此事有句云：「嵩陽芝草年年碧，四友何曾愛此山。」餘有絃外之音，而就嗇庵論之，固尤所為夷然不屑也。

袁初在韓，以文字呈嗇庵，嗇庵嚴繩之，然頗奇其才。袁一日拉嗇庵坐帳中，密言：「李王庸懦，吳帥過謹慎，亦不足圖大事，茲欲效虬髯故事，襲韓而有其地，乞賜籌助。」云云，嗇庵大驚！力戒不可輕動，敗壞大局，且允勿洩於人。然自是知袁妄干非分，包藏禍心，索性然也。及吳帥與嗇庵歸，袁日漸跋扈，嗇庵草長函數其罪，中有云：「司馬試思所說有虛者否？有不是者否？願司馬息心靜氣，一月不出門，將前勸讀之《呻吟語》、《近思錄》、《格言聯璧》等書，字字細看，事事引鏡，勿謂天下人皆愚，勿謂天下人皆弱，腳踏實地，痛改前非，以副令叔祖、令堂叔、及尊公之令名，以副筱公之知遇，則一切吉祥善事隨其後矣。此信不照平日稱而改稱司馬，司馬自思何以至此，若果能復三年前之面目，自當仍率三年前之交情。氣與詞涌，不覺刺刺，聽不聽其自酌之。」此函見張孝若所撰《南通張季直先生傳記》中（亦僅此一段），語意激烈，近於切責，此時尚存師弟之分，忽改稱其官名，示削籍之意，蓋袁方以同知銜駐韓，例稱司馬也。其因何故遭此訶斥，則未詳知。自是嗇庵與袁，遂從顯絕，不相往來。厥後袁氏自奮風雲，擁旄開府，辛亥絕續之際，尤膺碩望，眾議屬嗇庵赴袁所居彰德洹上村，與之相見，籌商立憲，因復交，計前後睽隔二十八年矣。

袁初以農商總長職畀嗇庵，辭不就。稱帝之謀益亟，嘗從容叩袁：「大典將備，公行且踐阼，尊意究如何？」袁猶詭詞應之云：「如以傳統一系，或倣羅馬教皇制度為言，則中國皇帝應屬孔子之後，衍聖公孔令貽最宜。如以革命排滿言，則應以尊位歸諸大明朱家苗裔，內務總長朱啟鈐、直隸巡按使朱家寶，浙江都督朱瑞，亦其選也。」嗇庵應聲云：「此外尚有朱郎友芬、朱姬素雲，似亦相宜。」時二伶皆以色藝擅名，故云然，袁聞之為大笑不止。後津滬以此串為新戲譜曰：《天子師友樂》，謂與故人張季直諧話也。方惟一贈素雲詩云：「歷數朱苗到汝身，都城傳遍話清新，不須更說華胥夢，漳水瀟瀟愁殺人。」正指此。（右均見劉禺生《洪憲紀事》）

袁寒雲與方地山

袁寒雲與其姬人溫雪過太液池作〈感遇〉詩，有「波翻太液心無住，雲起魔崖夢欲騰」，及「絕憐高處多風雨，莫上瓊樓最上層。」等句，盛為時流傳誦。溫雪名薛麗清，舊京清吟小班名妓，綽約多姿，寒雲納之，江都陳含光先生贈句，所謂「雪增平視豔，花為好詞香。」即為此作也。

溫雪為寒雲生一子，旋即離去。民國三年甲寅，帝制之議已定，值袁氏壽辰，全家群集新華宮拜賀，一老媼抱幼兒亦在跪起中，袁氏遙詢兒誰氏子？媼叩首以二公子所生兒應，又問其母現居何處，答未奉允許，不敢入宮。袁氏頷首諭曰：「可即令兒母入新華宮，候予傳見。」此兒蓋即麗清所生也。時麗清早已遠離，無由應命。適寒雲另眷一姬名小桃紅，亦隸清吟小班，乃由諸人定計，夜遣九門提督以香車迎之。送入宮中，詐稱兒母，袁氏固莫辨也。嚴宵兵騎雜沓，勾欄以為盜至，相率驚竄，及數日事定，南部蛾眉又莫不交語豔羨，以同巢燕子，變作鳳凰，且未嫁有兒，尤為稀有！寒雲之師方地山戲作聯語為贈云：「冤枉難為老杜白，傳聞又弄小桃紅。」一時傳誦。蘇語謂「老大」為「老杜」，意指克定也。都人作小說回目有「皇二子納嬪，方太師還朝」語，亦以戲之。

地山名爾謙，揚州人，為寒雲及弟克良蒙師，盛有才情，人稱「方太師」。相傳地山流寓舊京，客邸清貧，值除夕，袁氏遣寒雲奉兼金餽歲，從容問曰：「聞改歲後，吾師將辦裝南歸，願毋行，得長侍杖履。」地山請曰：「吾近宮作聯，藉傳心事，今去留未決，容夜來思之，明日視我門首桃符可也。」翌晨，地山大書榜門云：

食有魚，出有車，當世孟嘗能客我。
裘未弊，金未盡，今年季子不還鄉。

及後寒雲棄世，地山又以一聯為輓云：

窮巷魯諸生，游俠聲名在三輔。
高文魏無忌，飲醇心事入重泉。

末幅尤為沉痛，與其輓吳葆初之「心死已多年，地北天南都鬱鬱。」「魂歸竟何處，嫣紅姹紫太匆匆。」一聯，同一筆致。嫣紅姹紫語，乃指葆初姬人彭嫣。清麗芊縣，皆可誦也。

記小鳳仙聯

往歲偶觀影劇《小鳳仙》，為李麗華飾，明麗處定當不滅。惜蔡氏非常人，江湖庸俗之夫，不能傳模其神采於萬一，頗用為憾耳。

小鳳仙事膾炙人口，其輓蔡松坡聯，不知何人代作，亦傳播不衰，記其辭為：

萬里南天鵬翼，直上扶搖，劇憐憂患餘生，萍水因緣成一夢。
幾年北地燕支，自傷淪落，贏得英雄知己，桃花顏色亦千秋。

又一聯為：

不幸周郎竟短命；
早知李靖是英雄。

相傳此聯於故京中央公園黃蔡追悼會中，小鳳仙親懸靈次者。前作頗有藻采，而筆力不振，尤以詞調輭熟，非高手所製甚明。後聯較見作意。又嫌為之過於草草，固猶不若前者之能取悅流俗人耳目也。

當蔡松坡氏由滇入京，未幾而帝制之議隨起，實已在袁氏掌中。袁氏以松坡英毅，百計羅為己用。松坡陽示巽順，有時或竟故為癡鈍，以掩其跡，終不足釋袁氏之疑。袁氏曾得密報，以松坡與滇省暗通聲息，因不得實據，乃假他事，遣人搜查其鄰右，而故若誤入蔡家，滿室翻檢幾遍。幸松坡早事周防，一無罅漏，自是益加恭謹，而脫走之謀亦愈亟，惟伺察者日在左右，不易得間遁去耳。

然松坡終以權謀自脫於奸雄之手，不可不謂為機智過人。斯時松坡已受命供職府中，先夕故與人竹戰至曉，局散，逕趨府上值，直入新華門，回視邏者已散去，則從容入室，隨以電話告所眷妓小鳳仙，約於午刻至某處共餐，以示閒暇。語畢，仍徜徉室中，若無事者，人亦不察。乃密由政事堂出西苑門，乘三等車赴津，繞道日本返滇矣。比事發，小鳳仙受盤詰甚嚴，然已無及。外傳鳳仙以騾車密送之至豐台，俠妓之名，由茲大噪。劉禺生《洪憲紀事詩》，有「緹騎九門搜索遍，美人挾走蔡將軍」之句，蓋指此事，亦據當時傳聞而詠之耳。

松坡既至滇，作露布討賊，檄中有云：「亂賊人得而誅，好善誰不如我……勿使曹瞞拊手，笑天下之易定；遂令伊川披髮，決百年之為戎」等語，或梁任公筆也？

洪憲舊臣軼聞

洪憲篡竊之跡已陳，當時奔競之輩，骨亦隨朽。然老輩中目擊其事者，迄今尚不乏人。春宵偶與話及，頗饒別趣。客退，隨取野史證之，輒纂輯一二錄於篇，以為急功近名、罔顧名節者戒，亦茗柯香裏，解頤破睡之一助也。

王式通書蘅，常與張一麐共謁袁，時帝號已撤除，張以常禮見，式通仍拜跪稱臣。及出，張斥之曰：「頃與項城共話，未片刻，吾默數汝稱臣至六十餘次。書蘅，汝豈真有臣癖耶？」式通怫然應曰：「今上雖棄帝號，吾與之名分已定，汾陽王式通豈能效人首鼠兩端，背恩忘主乎？」其後奉軍入京，欲捕一權要，誤獲式通，警察總監殷洪壽連批其頰，罵「王八旦」者再。樊樊山聞之，戲作對云：「面受二八旦，口稱六十臣。」都人皆傳之。

洪憲籌建帝制，先期更易太和、保和、中和諸殿名稱為體元、承運、建極。奉詔，命上大夫林長民宗孟書之，書倣瘞鶴銘體勢，大被嘉許。民國五年丙辰元旦，袁氏僭位，長民適以是日生子，奏稱聖主當陽，春和四被，臣長民幸誕一男，伏懇賜名，以為光寵云云，袁氏即執筆親書「新華」二字，命作兒名。侍臣以「宸翰」鏤諸銀瓶，沉檀作匣，纏以黃綬，飭禮官齎往頒賜，長民表謝。長民字宗孟，閩人，夙負才名，後以赴郭松林軍，被兵死。陳寶琛弢庵輓以聯云：「喪身亂世非關命，感舊儒門惜此才。」長民之尊人著有《儒門醫案》，故下句云然，並附記於此。

劉師培申叔以經儒附和帝議，天下惜之。籌安會既設，用楊度介，辟為參政，著〈民主論〉，敷陳功德，文中有「創制天下，賓屬四海，至大之統，非至辨者莫之分；至重之業，非至能者莫之任。」及「天祚有聖，纂作民主，懸三光於既墜，揭清風於上列」等語。當師培官參政時，所居樓館壯麗，軍士荷槍列侍，電炬通明，師培每歸，傳呼聲喏如雷，自曲巷至門相接，婦何班憑欄目逆，日以為常。武昌劉禺生作〈洪憲紀事詩〉云：「千枝燈帽白如霜，郎照歸朝妾倚廊，叫起守關銀甲隊，令人夫婿有輝光。」即指此。（林、劉事均見禺生所記〈洪憲紀事詩〉）

洪憲國號與新華門

新華夢過，早成陳跡，事關纂奪，史有定評，毋煩追論。清暇，偶刺取劉禺生所紀一二舊聞，連類書之，聊供嘔噱，亦治稗史者所不廢也。

袁氏初定國號，諸臣聚訟紛紜，一時多獻議用武字，引「光武」「洪武」開創為例，而以「儲君」克定名副之，擬為武定元年。袁氏方主圖讖之說，未報可也。言讖緯者曰：「洪範五行之義，乃帝王建號之基，明黃蘗山人，以梅花數演述周易卦理，亦本洪範，得見天地之心，歷察讖緯所陳，洪字疊出。明清之際，洪武撻伐胡元，光宅中夏，洪秀全踵起，電掃中原，幾於得鹿。辛亥武昌之役，黎元洪建旗首義，清社遂移，凡此皆為明證。故新朝大號，宜以「洪」字為先，袁氏心韙其言，於是「洪憲」紀元之議始定。

紹興郭姓，復以堪輿術，侈論災祥，其言夏為詭誕，亦最邀寵信。郭獻諛炫動，大意謂北京正位，關係正陽門最鉅，此門倘無故啟闢，國家禍亂隨之。以是平時鎖鑰至嚴，國有大喪，乃得啟闢出入，明清兩朝人士，類多耳熟能詳。嘗於夜半登譙樓遠望，南方旺氣，上燭霄漢，宜更增閎製，以壓塞之。乃建議嚴闔城扉，別於左右闢二門出入，崇墉增拓，城樓製二圜洞，謂之龍目，用以照臨南極，永息戎氛。復謂南海上應天躔，就巒頭言，青龍稍弱，應培高豐澤園左方小山，使與白虎定位相稱，則皇基永固云云。議上，悉被採納，遂易正陽門為新華門，凡所製作，一如郭言。舊傳增築新華門，有巨蠍自地中出，長數尺，噴毒如霧，工匠數人，觸之立死。又巨蛙數十萬頭，自永定門南行，大小纍纍，絡繹相屬於道，數日始盡，都人傾巷以觀，中書舍人楊銳歸取舊史五行志查閱竟夜，冀以取瞪。趙堯生戲作長篇紀之，中有「楊舍人歸舌不下，取五行志終夜翻」一句，殆即此時也。

郭言既售，更歷視袁氏項城故居祖塋，決為尊宜九五。歸朝臨問，首詢卜世幾何？郭謹對以天命有歸，數當八二。袁氏復問，此數既定當為八百二十年，抑八十二年？郭躊躇未應，袁氏笑曰：「非謂八年零二月耶？」郭對曰：「帝祚久長。」袁氏復笑曰：「即八十二年，已綿延三世，予願足矣。」及後洪憲帝制，竟以八十二日而終，人或詢之，郭曰：「當時項城下問，騾不及答，忽憶八卦陰陽二氣，遂以八二為答。」蓋謾語也。

附錄：蘇臺吳子深傳

中國畫以山水為最難，其間傑出之才，往往數百年始獲一遇，丁斯選者，輒遺外世務，竭畢生之力以赴，逮乎有成，則從古人之精神意境蟬蛻澡雪而出，至其才思、學歷、神理，飛動離合，奔赴豪素，然又別具意匠，無一筆是古人，遂乃銘心傳世，而山水之能事畢矣。彼規規於八法，入而不出，以及但求速化，務矜創獲之流，徒自暴其淺陋而已。

近世海上稱藝苑名師，必盛推二吳，湖帆晚途困阨，復以病廢，子深則抱高節，投老臺陽，其清勁枯槁，略與崔子忠、張飆、惲壽平相埒，而畫筆清蒼廉悍，浮煙瘴墨，洗伐都盡，亦庶幾乎於青蚓、大風諸君境界中遇之。按子深名華源，以字行，江蘇吳縣人，家蘇州閶門桃花塢，與明代唐解元六如故居密邇，唐氏子姓零落，遺宅捨為佛寺，即人所稔知之桃花庵。壁碣鐫六如畫竹及所作桃花庵詩，歷劫尚存。子深既生子畏之鄉，又席蔭豐贍，力足以搜討古今書畫名蹟，性高潔，不肯與世俗浮沉。少隨其舅父曹滄洲先生，應清慈禧太后及德宗之詔，入宮視疾，因得縱觀內庭歷代法書名畫，復夤緣內侍易得清初各地進呈佳紙。鼎革後，歸鄉杜門致力繪事，不十年間，藝大進，及壯歲，遂與湖帆頡頏。

江蘇人文特盛，清初自婁東三王承明代沈石田、董香光遺風，筆墨精妙，並軌前哲。雍乾而往，益重科名，學子束髮受書，即疲神八比文字，無暇旁鶩，或至中晚通籍，始出餘勁為之，一時名彥老宿，雖復馳聲畫苑，然工力究不免少遜。洎制科既廢，士始得肆力藝事，而心畬、湖帆、大千、子深諸君子，鴻騫鳳翥，擺落塵鞅，先後輝映，嚮使役志帖括，困心考校，安能卓卓至此，國家人才升降之跡，此其大較也。

子深之畫，山水得筆於香光，上追黃鶴山樵以窺趙承旨，精心獨運，明潔簡妙，鬱為奇致，蕩為古馨，久而一片神行，悉泯筆墨痕跡，四明吳德生學博謂其於元明諸名畫，一一涉獵棄去，獨沉酣華亭、八大二家，久久不捨，一朝發悟，與宗門長慶禪師坐破七具蒲團，忽然捲簾悟道相似，斯言可謂深知艱苦。至其墨竹承文湖州遺法，出入孟端、仲昭、九思之間，當其合處，自謂夏太常不足道，識者以子深畫竹為三百年一人，殆篤論也。

子深蘇臺右族，所居為天下山水名邦，家有亭台花石之勝，日坐池館賦詩染翰，遇前代劇蹟，立斥鉅資購之無少吝。風矩夷沖，望之若神仙中人。自大陸沉淪，遂乃棄萬金之產如敝屣，避居夷門，近年卜居台北市廛，門巷蕭條，蓬戶苔階，黯然寒陋，人不能堪，而子深安之若素，世亦益以此高之。嚮令子深終履亨衢，不亟亟以一藝自繩，未必精詣獨運至此，乃於枯槁憔悴之餘，境益窮，畫益進，此或天之所以固靳之而卒深予之，未可測也。

玉照山房圖卷記

易水王沅澧壯為，迫懷故里，乞畫家寫《玉照山房圖卷》，圖成，其友人李漁叔為文紀之。壯為始逾冠齡，適抗戰軍事孔亟，乃著兩當衫，投效軍中，為羅尤青將軍所禮重，嘗隨軍遠赴域外，轉戰印緬之交，馳驅野人山中，饑寒困躓，備歷危苦。及政府播遷，展轉來台，一時無所依，宜興陳雪屏方長台灣省教育廳，見其筆札而愛之，辟居幕下。未幾，湘潭劉慕曾亦獲見其書，以為言於今副總統青田陳公，延見與語大賞異之，使入政院居記室，自後陳公凡有碑版金石文字，以及奏記箋札之屬，偶興至命筆外，餘皆壯為書，而漁叔為之具草。漁與壯為以是相知，十餘年間，交益親。每相偕應召入，輒荷溫顏，語或移晷。漁於曩歲春夜膺政府急召遠行，登車而壯為在焉，詢知乃陳公養痾大貝湖濱，偶相憶，約共談耳。是夜，征輪疾馳數百里，翌晨既至報謁，賜茗酒笑語盡歡。卓午與壯為至湖上吟眺，迫暮乃並載歸。爾日風物清美，沆瀣湖淥，如在畫圖。人生當幾何時，方其對境，心目曠快，情思興象，相繼奔會，恆歷久不忘。漁從容謂壯為：「余與君以儒士未為不遇，但恨無承平之福而已。」其年秋，壯為被推領中國書道團報聘日本，時論以為得人。漁以詩送行，有「纔共湖濱吟晚色，更從江戶寫秋光」之句，蓋紀實也。

壯為為人廉介不苟，居政院十餘年，祿入至薄，秩久不遷，終不肯自言。家陋巷，舊屋數椽，蕭然如寒儒之居。每淩晨，稚子負囊入塾去，夫人躬自操作，客至，親出應門，夫人或他適，壯為自守之。數年還，壯為以文章書法篆刻，為上庠名師，聲稱懋起，求筆跡者踵相接，所獲潤資漸豐，竟亦不改其常度，知者嘆為難能。其為書自顏平原入，浸淫魏晉，尤好虞褚，筆致秀逸圓勁，楮墨相發，比歲潛心揮運，神韻益勝。治印早歲雅近趙撝叔、黃牧甫，學牧甫者殆可亂真，五十後究心秦漢古印，參以近世吳缶廬、齊白石刀法，自成面目，遂為名家。為文到落浮藻，運單行票姚之氣，溢於辭表。詩不常作，然為之輒遒麗過人，綜其文行藝事言，非恆人所能及也。

漁與壯為平生出處略相類，而家國之恨亦無異焉。漁家瀟湘，先世卜宅，在清波綠柳之隈，近水樓亭，捲簾飛碧，春來流鶯啼樹，飛絮粘衣，茶鼎芸籤，自然幽絕。聞壯為故居在易水縣南四十里樓山村，南山之巔有巨石，方廣丈餘，逼視黝然，晴時自山下望之，光明照射達十餘里。王氏聚族世居其地，子姓繁衍，有田百頃，書萬卷。壯為之曾大父始營園宅，榜曰玉照堂，另建書室數楹，並以玉照山房名之，今經兵亂，遠傳鄉訊，廬舍悉皆堙滅，無有存者。迴念漁家先世敝廬及庋藏法書名畫，亦當與古梅老柳，摧為薪蒸，思之令人慘怛終日。漁嘗思前代文人如庾蘭成、杜子美之屬，均經喪亂，不有其居，奔迸流離，至於暮齒。少日誦其文，讀其詩，憐其遇，為悲不自勝，孰知異代身丁，同其蹇薄，更有何辭與壯為相為慰藉者乎。

國步艱屯，敗意事十逾八九，獨朋友文字之樂，不以時危地迥而異其趣，所聊以樂生引年，亦賴此焉耳。漁知壯為深，即事抒辭，不覺累幅。他日時平，壯為還山治第，漁亦得以餘年重理江上漁莊，或者千里思君，翩然命駕，酌我於山房之南窗，從瑤石光中，展此文讀之，當相視而笑，命釂無算也。

跋

歲次壬寅，照元始獲侍於　漁叔夫子，倏已七載於茲。每從問詩，輒能飫聞勝義；間有習作，必為提示得失，指點津梁，告以榘矱，啟以靈思。時覽所庋藏法書名畫，得識前賢遺徽於楮墨間，而想見其風神，不覺欣然色喜，私衷仰慕。常觀揮毫臨褚河南、孫過庭書，筆力清勁，風姿俊逸；或晴窗寫梅，數枝橫斜，暗香浮動，意趣灑然，神韻幽絕；未嘗不心遊神馳，移晷忘倦。

近年　漁師藏書日富，治學益勤，講學上庠之餘，潛心墨學；頃董理舊業，成《墨辯新注》一書，於前人曲解紕繆之處，斟酌糾繩，歸於至當，精思獨詣，足邁前修，迺知　漁師於學，根實葉茂，所蓄至厚。又習聞士林藝苑掌故甚多，每聆鑿談，至街柝屢傳，夜闌人靜，而未嘗少倦；且鄉音不改，笑語溫淳，真如坐春風也！

昔者　漁師嘗就所聞見並時名宿、鄉邦賢彥，舉其遺聞軼事、流風餘韻，旁及學術藝文，撰為《魚千里齋隨筆》，於四十七年鋟板成書。翌年，復應友人之請，日撰短文，刊諸報端，亦興到隨筆之作，而其間凡論述學藝、評隲人物、捃摭遺逸、抉發幽微，莫不特具閎識，深寓孤懷，至文辭鍛鍊之工，描繪傳神之筆，猶其餘事也；所紀或事繫時史，或語關軍國，或偶錄一人之始末，或但述一時之見聞，並足以供談助、存掌故、資考證、備參稽，他日史家撰國史志傳者，必將有所取焉。以書成於夏日薰風拂簾、客居海陬之際，故曰《風簾客話》。脫稿迄今，瞬經十稔，頃整齊編次，並附近文二篇付諸剞劂，校讀既竟，爰志其因緣崖略如是。

戊申閏七月受業湘鄉王熙元謹記

秀威經典　　史地傳記類　PC1071

李漁叔說掌故
——風簾客話

作　　者 / 李漁叔
主　　編 / 蔡登山
責任編輯 / 周政緯
圖文排版 / 蔡忠翰
封面設計 / 王嵩賀

出版策劃 / 秀威經典
發 行 人 / 宋政坤
法律顧問 / 毛國樑　律師
印製發行 / 秀威資訊科技股份有限公司
114台北市內湖區瑞光路76巷65號1樓
電話：+886-2-2796-3638　傳真：+886-2-2796-1377
http://www.showwe.com.tw
劃撥帳號 / 19563868　戶名：秀威資訊科技股份有限公司
讀者服務信箱：service@showwe.com.tw
展售門市 / 國家書店（松江門市）
104台北市中山區松江路209號1樓
電話：+886-2-2518-0207　傳真：+886-2-2518-0778
網路訂購 / 秀威網路書店：https://store.showwe.tw
國家網路書店：https://www.govbooks.com.tw

2022年12月　BOD一版
定價：320元

讀者回函卡

國家圖書館出版品預行編目

李漁叔說掌故 : 風簾客話 / 李漁叔原著 ; 蔡登山主編. -- 一版. -- 臺北市 : 秀威經典, 2022.12

面；　公分

BOD版

ISBN 978-626-96838-0-2(平裝)

856.9　　111018385